두보 오칠언절구

杜甫 五七絶言句

杜甫

대산세계문학총서 148

두보 오칠언절구

杜甫 五七言絕句

두보 지음 — 강민호 옮김

문학과지성사

대산세계문학총서 148_시

두보 오칠언절구

지은이 두보
옮긴이 강민호
펴낸이 이광호
펴낸곳 ㈜**문학과지성사**
등록번호 제1993-000098호
주소 04034 서울 마포구 잔다리로7길 18(서교동 377-20)
전화 02) 338-7224
팩스 02) 323-4180(편집) 02) 338-7221(영업)
전자우편 moonji@moonji.com
홈페이지 www.moonji.com

제1판 제1쇄 2018년 3월 26일

ISBN 978-89-320-3087-6 04820
ISBN 978-89-320-1246-9 (세트)

이 도서의 국립중앙도서관 출판예정도서목록(CIP)은 서지정보유통지원시스템 홈페이지(http://seoji.nl.go.kr)와
국가자료공동목록시스템(http://www.nl.go.kr/kolisnet)에서 이용하실 수 있습니다.
(CIP제어번호: CIP2018008338)

이 책은 대산문화재단의 외국문학 번역지원사업을 통해 발간되었습니다.
대산문화재단은 大山 愼鏞虎 선생의 뜻에 따라 교보생명의 출연으로 창립되어
우리 문학의 창달과 세계화를 위해 다양한 공익문화사업을 펼치고 있습니다.

차례

I. 오언절구(五言絕句)

II. 칠언절구(七言絶句)

일러두기

1. 이 책의 두보 오칠언절구 원문은, 두보의 시를 시체별로 분류한 포기룡(浦起龍)의 『독두심해(讀杜心解)』(北京: 中華書局, 2000)를 기준으로 하였다.
2. 매 작품의 서술 방식은 원문(原文)·번역(飜譯)·주석(註釋)·해설(解說) 네 부분으로 나누어 기술하였다.

I. 오언절구(五言絕句)

卽事[1]

百寶裝腰帶,[2]
眞珠絡臂韝.[3]
笑時花近眼,
舞罷錦纏頭.[4]

춤추는 여인을 보고

온갖 보배로 허리띠를 꾸미고
진주로 팔 가리개를 둘렀네.
웃을 때엔 꽃이 눈에 가깝더니
춤 끝나자 비단이 머리를 감싸네.

1) 卽事(즉사): 눈앞의 사물을 대하고 즉흥적으로 읊다. 여기서는 춤추는 여인을 보고 읊은 것이다.

2) 百寶(백보): 온갖 보배.

3) 絡(낙): 얽어매다. 두르다. 臂韝(비구): 팔에 걸치는 옷. 팔 가리개. 토시 같은 것으로 무녀(舞女)가 춤출 때 팔에 걸치는 것이다.

4) 罷(파): 마치다. 끝나다. 錦纏頭(금전두): 비단으로 머리를 감다. 옛날 예인들의 가무가 끝나면 관객은 비단으로 관람비를 지불했는데, 비단을 머리 위에 올려주었으므로 이런 표현을 썼다.

일반적으로 보응(寶應) 원년(762년)에 성도(成都)에서 지은 것으로 보는데, 포기룡(浦起龍)은 천보(天寶) 연간(742~756)에 서피(西陂) 위곡(韋曲)에서 지은 것으로 보고 있다. 두보가 잔치 자리에 참석해 기녀가 춤추는 모습을 보고 이 시를 지었다. 전반 두 구는 춤추는 여인의 장식물을 묘사했다. 셋째 구에서는 춤추는 여인의 웃는 모습을 눈앞에 활짝 핀 꽃으로 비유했다. 화사한 여인의 자태가 저절로 눈길을 사로잡아 마치 눈에 넣어도 안 아플 것 같아, 이를 "꽃이 눈에 가깝다(花近眼)"라고 묘사하고 있다. 천근(淺近)하면서 감각적인 표현이다. 그래서 그녀의 춤에 매료된 관객들이 비단을 하사하듯, 두보는 이 시를 지어 준 것이다. 이처럼 여인의 모습을 묘사한 내용은 두보의 절구뿐만 아니라 다른 형식의 시에서도 드물게 나타난다. 두보 시의 다양한 면모를 엿볼 수 있는 작품이다.

因崔五侍御寄高彭州一絶[1]

百年已過半,[2]
秋至轉飢寒.[3]
爲問彭州牧,[4]
何時救急難.[5]

최오시어를 통해 고적에게 절구 한 수를 부치다

백 년 인생 이미 반이 지났는데
가을이 되었건만 도리어 배고픔과 추위에 시달리고 있네.
나를 위해 팽주자사에게 물어주시게
어느 때에 내 급한 어려움을 구해줄는지?

1) 崔五侍御(최오시어): 시어 최씨. '五(오)'는 그의 집안에서의 항렬을 표시한다. 高彭州(고팽주): 팽주자사(彭州刺史) 고적(高適). 팽주는 지금의 사천성(四川省) 팽현(彭縣). 고적은 자(字)가 달부(達夫)이며 이백(李白), 두보, 왕유(王維) 등이 활동하던 성당(盛唐)대 시인으로 당시 팽주자사로 부임해 있었다.

2) 過半(과반): 반을 넘다. 당시 두보의 나이가 49세이기에 이런 표현을 쓴 것이다.

3) 轉(전): 도리어.

4) 爲(위): 나를 위하여. 나를 대신하여. 彭州牧(팽주목): 팽주자사 고적을

가리킨다. '牧'은 목민관을 뜻한다.

5) 急難(급난): 나의 위급한 어려움.

이 시는 상원(上元) 원년(760년)에 지은 것이다. 당시 촉(蜀)으로 들어온 두보는 생계에 어려움을 겪고 있었다. 그래서 자신의 친구인 고적에게 도움을 요청할 목적으로 이 시를 지었다. 전반부에서는 낯선 촉 땅에서 노년의 시인이 처한 어려움을 표현했는데 둘째 구가 의미심장하다. 가을은 수확의 계절이기에 일반적으로 배고픔을 면할 수 있건만 시인은 '도리어(轉)' '기한(飢寒)'에 시달리고 있다. 의지할 데 없는 객지에서의 곤경을 함축적으로 드러내며 후반부의 도움 요청을 이끌어내고 있다. 자고로 경제적인 도움을 요청하는 것은 아무리 친구 사이라도 쉬운 일이 아니다. 그만큼 절박[急難]했기 때문일 것이다. 겸연쩍은 이야기이기에 절구로서 핵심을 짧게 표현하고 있다. 이 시는 편지를 대신한 것이다. 두보는 이처럼 생활과 밀접한 내용을 절구로 많이 썼다. 두보에게 시가 일상화되어 가는 모습을 보여주는 한 예이다.

絶 句[1]

江 邊 踏 靑 罷,[2]
回 首 見 旌 旗.[3]
風 起 春 城 暮,[4]
高 樓 鼓 角 悲.[5]

절구

강변에서 푸른 풀 밟기를 마치고
고개 돌리니 군대 깃발이 보이네.
바람 이는 봄 성에 날이 저무는데
높은 누대에 북과 호각 소리 구슬프구나.

1) 絶句(절구): 본래는 네 구로 이루어진 시체(詩體) 이름인데, 무제시(無題詩)에 가까운 짧은 즉흥시를 쓸 때 '절구'라는 제목을 종종 붙인다.

2) 踏靑(답청): 봄에 교외로 나가 푸른 풀을 밟는 풍속. 촉 지방의 풍속에서는 예전에 2월 2일을 답청절이라고 했다. 이 시가 성도(成都)에서 지어진 것이기에 이 구절의 강은 금강(錦江)으로 보인다.

3) 旌旗(정기): 군대의 깃발.

4) 春城(춘성): 성도를 가리킨다.

5) 鼓角(고각): 전고(戰鼓)와 호각. 군대에서 사용되는 악기로 전쟁 중임을

드러낸다. 당시에 토번(吐蕃)의 침략이 있었다고 보기도 한다.

이 시는 보응 원년(762년) 봄에 성도에서 지은 것이다. 당시 두보는 그곳 초당(草堂)에 머물면서 봄날 답청 행사를 끝낸 뒤에 여전히 전쟁 중인 시국을 가슴 아파하고 있다. 보통 사람들은 화창한 봄날에 답청 놀이를 하면 기쁨에 들뜨기 마련인데, 그때에도 두보의 눈에 먼저 들어온 것(見)은 군대의 깃발이다. 바람 부는 가운데 어느덧 날이 저문다. 어두워지면 군대의 깃발이 안 보여 근심이 사라질 줄 알았건만 오히려 전쟁을 알리는 북과 호각 소리가 더욱 뚜렷하게 들려 시인의 마음을 구슬프게 하고 있다. 낮이건 밤이건 늘 나라를 걱정하는 두보 시의 전형적인 특징이 이 짧은 절구 속에도 잘 나타나 있다.

王錄事許修草堂貲不到聊小詰[1]

爲瞋王錄事,[2]
不寄草堂貲.
昨屬愁春雨,[3]
能忘欲漏時.[4]

왕녹사가 초당 보수할 자금을 허락해놓고 부치지 않아 그저 조금 꾸짖다

왕녹사께 화를 내는 것은
초당 고칠 자금을 부치지 않아서입니다.
어저께 마침 봄비를 근심하더니
비 새려는 이때를 잊을 수 있습니까?

1) 王錄事(왕녹사): 왕 씨가 누구인지 자세히 알 수 없으며, 녹사는 관직명이다. 貲(자): 자금. 聊(료): 그저. 詰(힐): 힐책하다. 꾸짖다.

2) 爲(위): 위하여. 때문에. 즉 초당을 보수하는 나의 일 '때문에'라는 뜻이다. 瞋(진): 성내다. 화를 내다. 이전 판본에는 '嗔(진)'으로 되어 있다.

3) 屬(촉): 때마침. 또는 '~를 만나다'. 愁(수): 왕녹사가 두보를 걱정하는 것으로 보인다. 두보 스스로 걱정하는 것으로 볼 수도 있다.

4) 忘(망): 왕녹사가 잊은 것이다. 조선 시대 의침(義砧), 조위(曺偉) 등이 쓴

『두시언해(杜詩諺解)』에서는 자금을 보내지 않은 것을 두보가 잊지 못하는 것으로 보고 있다. 漏(루): 비가 새다.

이 시는 광덕(廣德) 2년(764년)에 두보가 성도의 초당(草堂)에 다시 돌아왔을 때 지은 것이다. 그때 초당이 다소 황폐해져 있었던 것 같다. 이 시는 초당을 보수할 자금을 부쳐줄 것을 약속하고서 이를 어긴 왕녹사를 힐책하며 쓴 희작시(戲作詩)이다. 짧은 시로 편지를 대신한 것이 특징적이다. 두보가 일방적으로 도움을 받는 입장이기에 그 서운한 감정을 그냥 직설적인 말로 표현하거나 편지로 썼다면 오히려 상대방의 기분을 상하게 했을 것이다. 그렇다고 비가 새는 집에서 그대로 살 수도 없는 노릇 아닌가. 이런 상황에서 짧은 희작시가 절묘한 역할을 했으리라. 자신의 서운한 감정과 절박함을 전달하면서도 왕녹사로 하여금 웃음을 머금게 했을 터이다. 지극히 개인적이고 구체적인 일을 읊었기에 제목이 다소 상세하고 길다. 왕녹사에게 부칠 때에는 이런 제목을 달지 않았겠지만 뒤에 문집을 정리하면서 일반 독자의 이해를 위해 이런 긴 제목을 단 것으로 보인다. 어쨌든 일상적인 편지를 시로 대신한 것은 후대의 시에 적지 않은 영향을 미쳤다.

絶 句 二 首(其 一)

遲 日 江 山 麗,[1]
春 風 花 草 香.
泥 融 飛 燕 子,[2]
沙 煖 睡 鴛 鴦.[3]

절구 두 수, 1

더딘 햇살에 강과 산이 아름답고
봄바람에 꽃과 풀이 향기롭네.
진흙이 녹아 제비를 날게 하고
모래 따스하여 원앙을 잠재우네.

1) 遲日(지일): 더딘 해. 봄날, 또는 봄 햇살을 뜻한다.

2) 泥融(니융): 진흙이 녹다. 날이 따듯해진 것을 말한다.

3) 睡(수): 잠자다. 鴛鴦(원앙): 원앙새.

이 시는 광덕 2년(764년) 봄에 성도에서 지은 것이다. 제1수에서는 봄날의 경물을 묘사하고 있는데 자못 아름답고 느긋한 풍경이다. 구조오(仇兆鰲)는 『두시상주(杜詩詳注)』에서 "봄 경치를 묘사한 것이 지극히 빼어나고, 말한 것이 자연스러워 그 오묘함이 조화의 경지에 들었다. '麗

(여)' 자와 '香(향)' 자는 모두 시구의 눈, 즉 시안(詩眼)이 구절 끝에 있는 것이고, '融(융)' 자와 '煖(난)' 자는 시안이 구절 중간에 있는 것이다(摹寫春景, 極其工秀, 而出語渾成, 妙入化工矣. 麗字香字, 眼在句底, 融字煖字, 眼在句腰.)"라고 평하고 있다.

絶句二首(其二)

江碧鳥逾白,[1]
山青花欲燃.[2]
今春看又過,
何日是歸年.[3]

절구 두 수, 2

강물 파라니 새가 더욱 하얗고
산이 푸르러 꽃이 불타는 듯하네.
올봄도 또 지나가는 것을 보나니
언제가 돌아갈 해일까?

1) 江(강): 성도(成都)에 있는 금강(錦江)을 가리킨다. 逾(유): 더욱.

2) 花欲燃(화욕연): 꽃이 불타려고 한다. 꽃이 몹시 붉게 핀 것을 말한다.

3) 歸年(귀년): 고향으로 돌아갈 수 있는 해.

제2수에서는 자신의 심경을 담아 읊고 있다. 전반부는 강열한 원색의 대비가 인상적인데, 아름답게만 묘사했다기보다 이질감도 담겨 있어 두보의 내면세계가 투영된 듯하다. 그래서 이런 풍경을 보고 있자니 고향에 돌아가고 싶은 생각이 더 든다는 걸 후반부에서 표출하고 있다.

봄이 '또(又)' 지나간다는 표현에서 여러 해를 객지에서 보냈음을 알 수 있으며, 고향에 돌아가고픈 열망을 느낄 수 있다. 「절구 두 수」는 합쳐 보면 내용상으로 전경후회(前景後懷), 즉 앞 구절에서는 경치를, 뒤 구절에서는 마음에 품은 생각을 드러내는 구성을 취하는 하나의 율시 같은 모습을 띠고 있으며, 형식 면에서도 제2수의 끝 연을 제외하고 모두 대장(對仗)을 이루고 있음을 볼 수 있다.

絶 句 六 首(其 一)

日 出 籬 東 水,[1)]
雲 生 舍 北 泥.
竹 高 鳴 翡 翠,[2)]
沙 僻 舞 鵾 雞.[3)]

절구 여섯 수, 1

해가 뜬 울타리 동쪽 물
구름 이는 집 북쪽 진흙.
대나무 높아 비취새 울고
모래 외져 댓닭이 춤추네.

1) 籬(리): 울타리.

2) 翡翠(비취): 비취새. 물총새.

3) 僻(벽): 외지다. 후미지다. 鵾雞(곤계): 댓닭. 생김새가 학과 비슷하고, 황백색이며 목이 길고 부리는 붉다. '鵾'은 '鶤(곤)'으로 된 판본도 있다.

이 여섯 수의 연작시는 광덕 2년(764년)에 성도 초당에서 지었다. 봄날 초당과 그 주변의 경물을 눈 가는 대로 보면서 한가로운 심정을 읊은 시이다. 제1수는 막 장마가 갠 풍경을 묘사하고 있다. 『두시상주』

에서는 "장마철이기 때문에 해가 물에 비치고 구름이 진흙에 비친다. 비가 막 개었기 때문에 비취새가 울고, 댓닭이 춤을 춘다. '일출'과 '운생'에서 약간 끊어 읽는다.(惟積雨, 故日照水, 雲映泥. 惟初晴, 故翡翠鳴, 鶤雞舞. 日出雲生, 微讀.)"라고 설명하고 있다. 비취새와 댓닭이 울고 춤추며 날씨가 갠 것을 기뻐하는 것에서 시인의 심경도 느낄 수 있다.

絶 句 六 首(其 二)

靄 靄 花 蕊 亂,[1]
飛 飛 蜂 蝶 多.[2]
幽 棲 身 懶 動,[3]
客 至 欲 如 何.

절구 여섯 수, 2

뭉실뭉실 꽃술 어지럽고
이리저리 나는 벌과 나비 많네.
숨어 살아 몸 움직이기 게으르니
손이 오면 어찌하려나?

1) 靄靄(애애): 무성한 모양. 花蕊(화예): 꽃. 꽃술.

2) 飛飛(비비): 어지러이 날아다니는 모양. 蜂蝶(봉접): 벌과 나비.

3) 幽棲(유서): 숨어 살다. 은거하다. 懶(나): 게으르다.

제2수에는 은거하며 자적하는 마음이 나타나 있다. 꽃술과 벌, 나비는 봄을 맞아 바삐 움직이는데 시인은 한가하게 경물을 완상하다 보니 손이 와도 느릿느릿 맞이한다. 포기룡(浦起龍)의 『독두심해(讀杜心解)』에서는 "절구 여섯 수 가운데 이 시의 아래 두 구가 대구를 이루지 않는데 떠돌아다니기 지쳐 교유를 끊으려는 마음이 있다(六絶句, 只此下二不對. 有倦遊息交之意矣.)"라고 평하고 있다.

絶 句 六 首(其 三)

鑿 井 交 椶 葉,[1]
開 渠 斷 竹 根.[2]
扁 舟 輕 裊 纜,[3]
小 徑 曲 通 村.[4]

절구 여섯 수, 3

우물 파니 종려나무 잎이 얽히고
도랑 뚫으니 대뿌리가 끊기네.
조각배는 가벼워 닻줄 흔들리고
오솔길은 굽어 마을로 통하네.

1) 鑿井(착정): 우물을 파다. 椶葉(종엽): 종려나무 잎. 이 구절은 우물을 파니 그 위에 종려나무 잎이 얽혀 덮인다는 뜻이다.

2) 開渠(개거): 도랑을 열다. 도랑을 뚫다.

3) 裊纜(요람): 흔들리는 닻줄.

4) 小徑(소경): 좁은 길. 오솔길.

제3수는 우물과 도랑을 보고 읊은 것으로 앞의 두 구는 안의 경치이며 뒤의 두 구는 바깥 경치이다. 『독두심해』에서는 "이는 그윽한 경치를 기술한 것이지 상상의 풍경이 아니다(此述幽事, 不是空景.)"고 평했다. 왕사석(王嗣奭)은 『두억(杜臆)』에서 "우물을 팠고 또 수로를 열었으며, 또 편주를 갖추었고 또 작은 길로 통하니 초당에 필요한 것은 대략 갖추었다. 아마 오래 살 계책일 것이다(旣鑿井, 又開渠, 又具扁舟, 又通小徑, 草堂所需略具, 蓋爲久居計矣.)"라고 설명하고 있다.

絶 句 六 首(其 四)

急 雨 捎 溪 足,[1]
斜 暉 轉 樹 腰.[2]
隔 巢 黃 鳥 並,[3]
翻 藻 白 魚 跳.[4]

절구 여섯 수, 4

갑작스러운 비가 시내 발을 때리고
빗긴 햇빛은 나무 허리를 감네.
둥지 너머 꾀꼬리 나란하고
마름 뒤집어 흰 물고기 뛰네.

1) 捎(소): 스치다. 때리다. 溪足(계족): 시내의 아랫부분. 완화계의 하류를 말한다.

2) 斜暉(사휘): 비스듬히 비치는 햇빛. 樹腰(수요): 나무줄기의 가운뎃부분.

3) 隔巢(격소): 둥지를 격하다. 둥지 건너편. 黃鳥(황조): 꾀꼬리.

4) 翻藻(번조): 마름을 뒤집다. 白魚(백어): 흰 물고기. 피라미.

제4수는 비가 갑자기 내리다가 문득 개는 풍경을 읊고 있다. 급작스럽게 내리는 비가 시내 발을 때리듯 내리고, 비스듬한 햇빛이기에 나무 허리를 감싸듯 비추고 있다는 시의 표현이 감각적이고 재미있다. 첫째 구는 넷째 구와, 둘째 구는 셋째 구와 시상이 이어지며 경물 묘사가 운치를 더하고 있다. 『두시상주』에서는 "'수계족'은 빗물이 쓸고 지나간다는 뜻이다. '전수요'는 햇빛이 가로로 뚫고 들어온다는 말이다. '조병'은 나무를 받고, '어도'는 시내를 받는다(捎溪足, 雨勢掠過也. 轉樹腰, 日影橫穿也. 鳥並承樹, 魚跳承溪.)"라고 설명하고 있다.

絶 句 六 首(其 五)

舍 下 筍 穿 壁,[1]
庭 中 藤 刺 簷.[2]
地 晴 絲 冉 冉,[3]
江 白 草 纖 纖.[4]

절구 여섯 수, 5

집 아래 죽순은 벽을 뚫고
땅은 개어 아지랑이 하늘하늘
마당 가운데 등나무는 처마를 찌르네.
강은 희어 풀 가늘디가늘다.

1) 舍下(사하): 집 아래. 두보의 집을 가리킴. 筍穿壁(순천벽): 죽순이 자라 벽을 뚫다.

2) 刺簷(자첨): 처마를 찌르다.

3) 地晴(지청): 땅 위의 날이 개다. 絲(사): 실처럼 가는 물체. 여기서는 아지랑이를 뜻함. 冉冉(염염): 하늘하늘한 모양.

4) 江白(강백): 강이 맑다. 纖纖(섬섬): 매우 가는 모양.

제5수는 초당의 봄날 경치를 묘사하고 있다. 벽을 뚫고 자란 죽순과 처마를 찌를 듯 자란 등나무가 다소 낯설게 느껴지면서 생동감을 자아내는 근경이라면, 하늘하늘한 아지랑이와 가느다랗게 자란 풀은 환상적인 분위기를 자아내는 원경이다. 『독두심해』에서는 "제4, 5수는 의경이 제1수와 대략 비슷하다(二首, 意境與第一首略相似.)"라고 평하고 있다.

絶句六首(其六)

江動月移石,[1]
溪虛雲傍花.[2]
鳥棲知故道,
帆過宿誰家.[3]

절구 여섯 수, 6

강물이 출렁이니 달이 돌에서 옮겨가고
시내가 비니 구름이 꽃과 짝하네.
새는 깃듦에 옛길을 아는데
돛단배 지나가 뉘 집에서 자려나?

1) 江動(강동): 강이 움직이다. 月移石(월이석): 달이 돌을 옮겨가며 비추다. 이 구는 출렁이는 물결이 달빛을 실어 흘러가면서 강변의 돌을 옮겨가며 비춘다는 뜻이다.

2) 溪虛(계허): 시내가 비다. 시냇물이 말랐다. 또는 시냇물이 매우 맑아 물이 없는 것처럼 보인다는 뜻이다. 雲傍花(운방화): 구름이 꽃 곁에 있다.

3) 帆(범): 돛. 돛단배를 말한다.

제6수는 강과 시내의 봄밤 경치를 아름다운 필치로 묘사하고 있다.

전반 두 구에 대해 『두억』에서는 "뜻을 알 수 없을 듯하나 경상은 오히려 좋다(江動溪虛二句, 似不可解, 而景象却好.)"고 평하고 있듯, 아름다우면서 구체적 의미가 모호한 면이 있다. 『두시상주』에서는 "강이 출렁이고 달이 뒤집혀 흡사 돌을 옮겨가는 듯하고, 시내는 비고 구름은 지나가니 은은히 꽃 옆에 붙어 희미하다(江動月翻, 恍如移石而去. 溪虛雲度, 隱然傍花而迷.)"고 설명하고 있는 것도 음미해볼 만하다. 후반 두 구에서는 새보다 못한 시인의 신세를 토로하며 시를 끝맺고 있다. 『독두심해』에서는 이 여섯 수에 대해 "「절구 여섯 수」는 흥과 경이 만나 손을 대는 대로 시를 이루었으니 『두억』에서 말한바 칠언절구 「만흥」과 같다. 시마다 무슨 경치를 읊었는지 따로 분석할 필요는 없다. 절구 가운데 율시의 중간 4구를 취한 것은 매우 적으나 오직 두보만 홀로 많다. 후인들의 육언시에 왕왕 이 형식을 사용하였다(六絶, 興與境會, 觸手成詠. 杜臆所謂猶七絶之漫興也. 不必逐首分疏所詠何景. 絶句截中四者殊少, 惟公獨多. 後人六言詩, 往往用此體.)"라고 평하고 있다.

絶 句 三 首(其 一)

聞 道 巴 山 裏,[1]
春 船 正 好 行.[2]
都 將 百 年 興,[3]
一 望 九 江 城.[4]

절구 세 수, 1

듣자하니 파산에서
봄 배가 마침 다니기 좋다네.
백 년의 흥취를 모두 가져다가
구강성을 한 번 바라보리라.

1) 巴山(파산): 파 땅의 산. 삼협을 통과할 때 지나게 되는 지역임.

2) 行(행): 다니다. '還(환)'으로 된 판본도 있다.

3) 都(도): 모두. 將(장): 거느리다. 가지다. 百年興(백년흥): 평생 지니고 있던 흥취.

4) 九江城(구강성): 강릉. 지금의 형주(荊州)를 가리킨다. '城'은 '山(산)'으로 된 판본도 있다.

이 절구 세 수는 영태(永泰) 원년(685년) 성도에서 지은 것이다. 배가 다니기 좋다는 봄날에, 삼협으로 내려가려는 평소의 뜻을 실천에 옮길까 하다가 거센 바람에 그런 바람을 잠시 뒤로 미루고 초당에서 소박한 삶을 살아가는 모습을 노래하고 있다. 『독두심해』에서는 이 세 수를 집외시(集外詩)로 보고 있다. 앞의 제1수에서는 성도를 떠나고 싶은 마음을 먼저 밝히고 있다. 두보는 삼협을 나가서 형주의 강릉으로 가고자 하는 뜻을 피력하고 있는 것이다.

絶句三首(其二)

水檻溫江口,[1]
茅堂石筍西.[2]
移船先主廟,[3]
洗藥浣花溪.[4]

절구 세 수, 2

물가 난간은 온강의 어귀
초가집은 석순가의 서쪽.
선주의 사당으로 배를 옮기고
완화계에서 약초를 씻네.

1) 水檻(수함): 물가의 난간. 溫江(온강): 온강. 민강(岷江)의 지류로 양류하(楊柳河)라고도 불린다. 온강의 어귀란 온강과 완화계가 만나는 곳을 말한다.

2) 茅堂(모당): 초가집. 石筍(석순): 석순가(石筍街). 성도 서문 밖에 있으며, 거리 양쪽에 두 개의 석순이 있어 붙여진 이름이다.

3) 先主廟(선주묘): 촉 선주 유비(劉備)의 사당.

4) 浣花溪(완화계): 두보 초당 옆의 시내. '花'는 '沙(사)'로 된 판본도 있다.

제2수에서는 성도의 아름다운 경물을 소개하며 여전히 유람을 하고 있다. 제1수와 달리 현재 있는 곳에 미련이 남아 머무르겠다는 뜻을 표현하고 있다. 매 구 고유명사를 사용하고 모두 대구를 이루고 있어 마치 율시나 배율의 중간 부분 같은 느낌을 자아낸다.

絶 句 三 首(其 三)

謾 道 春 來 好,[1]
狂 風 太 放 顚.[2]
吹 花 隨 水 去,[3]
翻 卻 釣 魚 船.[4]

절구 세 수, 3

봄이 와서 좋다고 말하지 마라
광풍이 너무 제멋대로 부니.
꽃을 불어 물 따라 흘러가게 하고
고기 낚는 배도 뒤집어놓네.

1) 謾道(만도): 말하지 말라. '謾'은 '漫(만)'으로 된 판본도 있다.
2) 放顚(방전): 제멋대로 미쳐 날뛰다. 제멋대로 미친 듯 불다.
3) 吹(취): 불다. '飛(비)'로 된 판본도 있다.
4) 翻卻(번각): 뒤집다.

제3수에서는 봄이 좋지 않다며 사나운 봄바람을 갖가지로 트집 잡으며 거칠게 나무라고 있다. 앞 시의 느긋한 유람과는 사뭇 분위기가 다르다. 『독두심해』에서는 "마지막 수는 본래 떠나고자 하였으나 도리어 바람이 거칠어 잠시 막힌 것이다. 일부러 한 차례 반전을 두니 넉넉하게 남다른 정취가 많다(卒章, 本欲去矣, 却以風狂暫阻. 故作一跌, 綽有別致.)"라고 설명하고 있다. 즉 제1수의 떠나고자 하는 시상과 이어지면서 세 수 전체가 한 편의 작품 같은 기세로 구성되어 있다.

答鄭十七郎一絶

雨後過畦潤,[1]
花殘步屐遲.[2]
把文驚小陸,[3]
好客見當時.[4]

정십칠랑에게 절구 한 수를 답하다

비 온 뒤 젖은 밭두둑을 지나노라니
꽃 시들어 나막신 걸음 더디어지네.
글을 잡아 육운을 놀라게 하고
객을 좋아함은 정당시를 보게 되었네.

1) 畦(휴): 밭두둑.

2) 屐(극): 나막신. 비 올 때 주로 신었다.

3) 把文(파문): 글을 잡다. 글을 잘 쓴다는 뜻. 小陸(소륙): 진대(晉代) 유명한 시인 육기(陸機)의 동생 육운(陸雲)을 가리킨다. 두 사람을 합쳐서 '이륙(二陸)'이라 불렀으며 그중 동생인 육운을 '소륙'이라고 칭했다. 여기서는 정십칠랑의 동생인 정십팔랑을 비유한 것이다.

4) 好客(호객): 손님을 좋아하다. 當時(당시): 정당시(鄭當時). 한 무제 때 대사농(大司農)을 지냈으며 청렴했고 손님 접대하기를 좋아한 것으로 유명하

다. 여기서는 정십칠랑을 비유한 것이다.

이 시는 영태 원년(685년) 가을에 지은 것으로 보인다. 정십칠랑은 정십팔랑과 형제인데 두보에게 시를 바쳤으므로 두보가 이 절구 한 수를 지어 답한 것이다. 전반 두 구는 두보가 정씨를 방문할 때의 풍경이고, 후반 두 구에서는 정십칠랑의 글재주와 손님 좋아함을 칭송했다.

武侯廟[1]

遺廟丹青古,[2]
空山草木長.
猶聞辭後主,[3]
不復臥南陽.[4]

제갈량의 사당

남은 사당에 단청이 낡았고
빈산에 초목이 무성하네.
후주와 작별하는 말 여전히 들리는데
다시는 남양에 눕지 못했네.

1) 武侯廟(무후묘): 기주(夔州) 서쪽에 있는 제갈량(諸葛亮)의 사당. 제갈량의 시호(諡號)가 충무후(忠武侯)라서 세칭 '무후(武侯)'로 불린다.

2) 丹青古(단청고): 단청이 오래되다. '古'는 '落(낙)'으로 된 판본도 있다.

3) 猶聞(유문): 여전히 들리는 것 같다. 빈산의 정령이 듣고 있는 것으로 보기도 한다. 辭後主(사후주): 후주를 떠나다. 건흥(建興) 5년(227년)에 제갈량이 북벌을 할 때 「출사표(出師表)」를 지어 후주 유선(劉禪)에게 작별을 고하고 떠난 것을 가리킨다.

4) 南陽(남양): 제갈량이 유비를 따르기 전에 은거하던 곳. 제갈량은 본래

유비와 함께 대업을 완수하고 다시 이곳으로 돌아와 지낼 생각이었으나 그러지 못했음을 말한다.

이 시는 대력(大曆) 원년(766년) 기주에 막 도착했을 때 그곳의 제갈량 사당에 이르러 지은 것이다. 전반 두 구는 쇠락한 사당의 모습을 묘사하고 있고, 후반 두 구는 제갈량에 대해 읊고 있다. 두보는 제갈량에 대한 흠모의 정이 깊었기에 무후묘에 들러 그가 뜻을 이루지 못하고 죽은 것을 아쉬워하고 있다.

八 陣 圖

功 蓋 三 分 國,[1]
名 成 八 陣 圖.[2]
江 流 石 不 轉,[3]
遺 恨 失 呑 吳.[4]

팔진도

공은 삼국을 덮었고
명성은 팔진도로 이루어졌네.
강은 흘러도 돌은 구르지 않았는데
오나라를 삼키지 못해 한을 남겼네.

1) 三分國(삼분국): 셋으로 나뉜 나라. 삼국시대의 위(魏)·촉(蜀)·오(吳)를 가리킴.

2) 八陣圖(팔진도): 군사를 배치하는 여덟 가지 진법. 지금의 중경시(重慶市) 봉절현(奉節縣) 서남쪽 장강(長江) 여울에 설치한 것으로 천(天)·지(地)·풍(風)·운(雲)·용(龍)·호(虎)·조(鳥)·사(蛇) 8종의 진세가 있다. 제갈량이 이 진법으로 오나라군의 추격을 물리친 것으로 유명하다.

3) 石不轉(석부전): 팔진도를 쌓을 때 사용했던 돌이 굴러가지 않고 남아 있음을 말한다.

4) 失呑吳(실탄오): 오나라를 삼키는 것에 실패하다. 이 구는 오나라를 병합해 천하를 통일하는 위업을 이루지 못했음을 아쉬워한 것이다. 제갈량은 오나라 정벌에 반대했기에 유비가 오나라를 삼키려는 뜻을 막지 못했음을 한탄하는 것으로 풀이하는 설도 있다.

이 시도 앞의 시와 마찬가지로 대력 원년(766년) 두보가 기주에 왔을 때 지은 것이다. 팔진도는 제갈량의 신출귀몰한 전술 운용을 알 수 있는 것으로 본래 세 군데에 설치되었다고 하는데, 두보가 이 시에서 노래한 것은 그중에 기주에 있는 팔진도이다. 전반부에서는 제갈량의 공적을 개괄하면서 팔진도를 거론하는데 대장구(對仗句)의 사용이 그 기세를 더하고 있다. 이런 인물의 그 뛰어난 공적도 무상한 세월 속에 강물 따라 다 흘러가버렸다. 하지만 팔진도의 돌은 여전히 굴러가지 않고 남아 있다. 즉 전반부의 기세는 셋째 구의 '江流(강류)'에서 꺾였다가 '石不轉(석부전)'에서 다시 힘차게 살아난다. 그러다가 마지막 구에서 꺾이며 깊은 한(恨)으로 귀결되고 묘한 울림과 여운을 남긴다. 짧은 절구지만 두시(杜詩)의 시상이 급격히 꺾이는, 이른바 돈좌미(頓挫美)가 잘 느껴지는 작품이기에 두보 오언절구의 명작으로 꼽힌다.

復愁十二首(其一)

人煙生處僻,[1]
虎跡過新蹄.
野鶻翻窺草,[2]
村船逆上溪.

다시 근심하다, 1

인가의 연기는 후미진 곳에서 피어나고
호랑이 흔적에 새 발자국이 지나가 있네.
들의 송골매는 날갯짓하며 풀 속을 엿보고
마을의 배는 시내를 거슬러 올라가네.

1) 僻(벽): 편벽되다. 후미지다. '處僻(처벽)'은 '遠處(원처)'로 된 판본도 있다. 이 구절은 거주하는 사람이 적음을 말한다.

2) 鶻(골): 송골매. '鶴(학)'으로 된 판본도 있고, '鷂(요)'로 된 판본도 있다.

이 연작시는 대력 2년(767년) 가을, 두보가 기주의 양서(瀼西)에 있을 때 지었다. 벽지에서 오랫동안 나그네 생활을 하여 이전의 근심이 해소되지 않고 다시 찾아온 것이다. 그래서 제목이 「다시 근심하다」이다. 제1수는 인가가 적은 양서의 위험하면서 낯선 경물을 묘사하고 있다.

復 愁 十 二 首(其 二)

釣 艇 收 緡 盡,[1]
昏 鴉 接 翅 稀.[2]
月 生 初 學 扇,[3]
雲 細 不 成 衣.[4]

다시 근심하다, 2

낚싯배가 낚싯줄을 다 거두어들이니
저물녘 까마귀는 이어 나는 모습 드무네.
달은 떠서 막 부채 모양을 본뜨고
구름은 가늘어 옷을 이루지 못하네.

1) 釣艇(조정): 낚싯배. 緡(민): 낚싯줄.

2) 接翅稀(접시희): 날개를 서로 접해 나는 일이 드물다. 외로이 날아가는 모습을 가리킨다. '稀'는 '歸(귀)'로 된 판본도 있다.

3) 初學扇(초학선): 완전히 둥글지 않은 상현달을 부채 모양에 비유한 것이다.

4) 不成衣(불성의): 옷 모양을 이루지 못하다.

제2수는 초저녁의 낯설고 근심스러운 경물을 묘사하고 있다. 후반 두 구는 표현이 매우 기발하면서 이질적인 분위기도 두드러진다. 제1, 2수는 모두 양서의 낯선 경물을 묘사하고 있는데, 이것이 시인의 근심을 다시 일으키며 전체 연작시를 이끌고 있다. 청(淸)의 오견사(吳見思)의 분석에 따르면, 이 연작시의 제1~2수는 '경물', 제3~4수는 '감정', 제5~9수는 '난리 뒤의 일', 제10~12수는 '현재의 경물과 일'을 읊고 있다.

復 愁 十 二 首(其 三)

萬 國 尙 戎 馬,[1]
故 園 今 若 何.[2]
昔 歸 相 識 少,[3]
早 已 戰 場 多.

다시 근심하다, 3

온 나라가 여전히 전쟁 중이니
고향은 지금 어찌 되었을까?
예전에 갔을 때도 아는 이 적었고
일찍부터 이미 전쟁터만 많았지.

1) 戎馬(융마): 오랑캐 말. 전쟁을 뜻한다.

2) 故園(고원): 고향. 두보의 옛집이 있는 낙양을 가리킨다.

3) 昔歸(석귀): 예전에 고향에 돌아가다. 두보가 화주에서 벼슬을 하다가 건원(乾元) 원년(758년)에 낙양에 간 일을 말한다.

제3수에서는 고향을 생각하며 시름에 잠기고 있다. 예전에 안녹산의 난으로 고향이 황폐해졌는데, 당시에 토번(吐蕃)이 침입해 경사(京師)가 계엄 상태였다고 한다. 전반 두 구와 후반 두 구가 자문자답의 형식을 취하고 있다. 후반 두 구는 예전에도 그러했으니 지금은 더 말할 나위도 없다는 뜻이다.

復 愁 十 二 首(其 四)

身 覺 省 郎 在,[1]
家 須 農 事 歸.[2]
年 深 荒 草 徑,
老 恐 失 柴 扉.[3]

다시 근심하다, 4

이 몸이 상서성 낭관 신분임을 알지만
고향 집은 농사일로 돌아가야 할 판이네.
해가 더할수록 풀 덮인 길이 황폐해져
늙어서 내 집 사립문도 잃을까 두렵네.

1) 省郎(성랑): 두보는 엄무(嚴武)의 추천으로 상서성(尙書省)에 속하는 공부원외랑(工部員外郞)을 역임했기에 이렇게 부른다.

2) 家(가): 고향 집을 가리킨다.

3) 柴扉(시비): 사립문. 고향 집 문. 고향을 가리킨다.

제4수에서는 고향으로 돌아가야 함에도 돌아가지 못할까 봐 근심하고 있다. 제3수의 고향 생각에 이어서 감정을 서술한 것이다. 『독두심해』에서는 "또한 난리를 겪고 오랫동안 나그네 생활을 하는 동안 고향이 황폐해질까 두려워한 것이다. 이 시는 앞의 시의 뜻을 충족시키며 고향으로 돌아가지 못하는 감회를 읊고 있다(亦因經亂久客, 故恐鄕園無廢. 此足上首之旨, 乃不歸之感也.)"라고 설명하고 있다.

復 愁 十 二 首(其 五)

金 絲 鏤 箭 鏃,[1]
皂 尾 掣 旗 竿.[2]
一 自 風 塵 起,[3]
猶 嗟 行 路 難.

다시 근심하다, 5

금실로 화살촉을 장식했고
검은 꼬리로 깃대를 매었네.
한번 풍진이 일어나고부터
아직도 다니는 길 어려움을 탄식하네.

1) 鏤(루): 새기다. 장식하다. '縷(루)'로 된 판본도 있다. 箭鏃(전족): 화살촉.

2) 皂尾(조미): 검은 꼬리. 掣(체): 끌다. 매다. '製(제)'로 된 판본도 있다.

3) 風塵(풍진): 바람에 날리는 먼지. 전쟁을 비유한다.

제5수는 전란을 겪고서 근심한 내용을 담고 있다. 전반 두 구는 적군이 예리한 무기를 믿고 반역을 일으킨 것을 말한다. 『독두심해』에서는 "'풍진이 일어나다'는 안녹산과 사사명이 난리를 일으킨 것을 말하고, '다니는 길이 어렵다'는 지금 고향으로 돌아갈 길이 막힌 것을 말한다. '한번 ……부터'라 하고, '여전히 탄식한다'고 한 것은 이 탄식이 오래도록 그치지 않고 있음을 보여준다. 이 시는 앞의 시를 계승하면서 뒤의 시를 일으키는 시이다(風塵起, 安史造亂. 行路難, 今日阻歸. 曰一自, 曰猶嗟, 見久而未息. 此首承前起後之詞.)"라고 설명하고 있다. 이 시부터 제9수까지는 전란으로 인하여 지은 것이다.

復 愁 十 二 首(其 六)

胡 虜 何 曾 盛,[1]
干 戈 不 肯 休.[2]
閭 閻 聽 小 子,[3]
談 笑 覓 封 侯.[4]

다시 근심하다, 6

오랑캐가 어찌 일찍이 흥성했던가?
그런데도 전쟁을 그치려 하지 않네.
마을 젊은이들이 하는 말을 들어보니
웃으며 공을 세워 벼슬하겠다고 하네.

1) 胡虜(호로): 오랑캐. 토번(吐蕃)을 가리킨다.

2) 干戈(간과): 전쟁. 이 구절은 안녹산의 난이 이미 평정되어도 여러 장수들이 군대를 거느리고 각지에서 할거함으로써 전란이 그치지 않음을 말한다.

3) 閭閻(여염): 마을의 문. 마을. 향리(鄕里). 小子(소자): 군공을 탐하는 젊은이들을 가리킨다.

4) 覓封侯(멱봉후): 벼슬에 봉해지는 것을 찾다. 전공을 세워 출세를 하겠다는 뜻이다.

제6수에는 시대 풍조에 대한 근심이 표현되어 있다. 전쟁이 끊임없이 일어나는 이유가 오랑캐 탓이라기보다 당시 도처에 할거하던 군벌들과 그들이 벌인 전쟁에서 공을 세우려는 사람들의 욕망 때문이라는 주장을 펴고 있다.

復 愁 十 二 首(其 七)

貞 觀 銅 牙 弩,[1]
開 元 錦 獸 張.[2]
花 門 小 箭 好,[3]
此 物 棄 沙 場.[4]

다시 근심하다, 7

정관 때의 동으로 만든 쇠뇌와
개원 때의 비단 장식 활이여.
회흘의 작은 화살이 좋다고 하며
이 무기들을 모래사장에 버렸다네.

1) 貞觀(정관): 당 태종의 연호. 銅牙弩(동아노): 동으로 만든 쇠뇌. '牙'는 쇠뇌에서 화살을 쏘는 틀인데 치아처럼 생겼다고 한다.

2) 開元(개원): 당 현종의 연호. 錦獸張(금수장): 비단 장식의 활. 비단으로 만든 과녁으로 보기도 한다. 그 위에 곰 등과 같은 짐승을 그리기에 '獸'라는 말이 쓰였다.

3) 花門(화문): 회흘(回紇)의 별칭으로 중국 당나라 때 위구르를 이르던 이름. 안녹산의 난 때 당 왕조는 그들의 힘에 의지해 경사를 수복했다. 小箭好(소전호): 작은 화살이 좋다. 동경(東京)을 수복할 때 회흘의 병사들이 누런

먼지 속에서 화살 10여 발을 쏘아 적군을 놀라게 만들고 결국 괴멸시켰다고 한다.

4) 此物(차물): 당나라의 쇠뇌와 활을 가리킨다.

제7수에서는 회흘에게 군대를 빌린 것에 대해 근심하고 있다. 회흘의 병사들이 안녹산의 난을 평정하는 데 공을 세우기도 했지만 그들이 백성들에게 끼친 폐해도 극심했다. 그래서 『독두심해』에서는 "중국의 쇠뇌와 활이 회흘의 작은 화살만 못하다고 한다. 이는 군대를 빌린 것이 단지 국위를 손상시킨 일임을 개탄할 뿐만 아니라, 회흘은 가까이 해서는 안 된다며 심히 경계하고 있는 것이다(中國之弩張, 不如回紇之小箭. 此不特慨借兵之損威, 蓋深以回紇爲不可狎而警之.)"라고 평하고 있다.

復愁十二首(其 八)

今日翔麟馬,[1]
先宜駕鼓車.[2]
無勞問河北,[3]
諸將角榮華.[4]

다시 근심하다, 8

지금 상린마와 같은 준마가
먼저 북 실은 의장대 수레를 몰아야 하네.
하북 번진의 죄를 물으려고 하지 않으니
여러 장수들이 영화를 다투고 있네.

1) 翔麟馬(상린마): 당 태종이 타던 준마인 상린자(翔麟紫). 여기서는 곽자의(郭子儀)를 비유한다.

2) 鼓車(고차): 북을 실은 수레. 황제가 외출할 때 쓰는 의장대 수레의 하나임. 곽자의와 같은 명장을 전쟁터에 쓰지 않고 한가하게 방치하고 있음을 반어적으로 풍자한 말이다.

3) 問河北(문하북): 하북을 문죄(問罪)하다. 이 구절은 당시 하북의 번진(藩鎭)들이 조정의 명을 듣지 않고 할거하고 있었는데, 대종(代宗)이 임시변통으로 화평을 추구하여 이들의 죄를 묻지 않아 화근을 남긴 것을 탄식하는 말이다.

4) 諸將(제장): 하북 번진의 여러 장수를 가리킨다. 角(각): 각축하다. 타투다.

제8수는 여러 장수들이 번진에 남아 할거하는 것에 대해 근심한 내용을 담고 있다. 당시 하북 번진의 장수들은 조정의 명을 듣지 않고 제각기 자신의 이익과 영화를 다투고 있었다. 곽자의 같은 명장을 중용하면 장수들을 충분히 제압할 수 있었지만 곽자의는 도리어 한직에 방치되어 있었다. 또한 대종은 일시적인 평화를 추구하여 번진 장수들의 죄를 묻지 않아 훗날의 큰 화근을 남기게 되었다. 이 시는 이를 탄식하고 있는 것이다.

復 愁 十 二 首(其 九)

任 轉 江 淮 粟,[1]
休 添 苑 囿 兵.[2]
由 來 貔 虎 士,[3]
不 滿 鳳 凰 城.[4]

다시 근심하다, 9

강회의 군량 옮기는 것은 맡겨두어도
궁궐의 병사를 늘리지 마라.
예부터 범 같은 사졸들은
장안성에 가득하지 않았으니.

1) 轉(전): 옮기다. 전운(轉運). 조운(漕運). 江淮粟(강회속): 장강(長江)과 회수(淮水) 일대의 곡식. 이 일대의 군량미를 가리킨다.

2) 苑囿兵(원유병): 금병(禁兵). 궁궐의 병사. 대종(代宗)은 환관 어조은(魚朝恩)으로 하여금 금병을 통솔하게 했는데, 금병의 수가 크게 늘어 많은 군량이 소비되었다고 한다.

3) 貔虎士(비호사): 비휴(貔貅)나 호랑이 같은 용사(勇士). '貔'는 범과 같은 맹수로 옛날에 길들여 전쟁에 썼다고 한다. 여기서는 사나운 사졸(士卒)들을 비유한다.

4) 鳳凰城(봉황성): 장안(長安)을 가리킨다.

제9수는 대종이 환관을 총애하자 그들이 궁궐의 병권을 장악한 것을 풍자한 시이다. 전반부에서는 강회 지역의 군량미를 옮기는 일은 조정에 맡겨두어야 하며, 이를 환관이 금병을 증가시키는 데 사용해서는 안 된다고 말하고 있다. 후반부에서는 '貔虎士(비호사)'와 '鳳凰城(봉황성)'을 대비한 것이 설득력을 높이고 있다.

復 愁 十 二 首(其 十)

江 上 亦 秋 色,
火 雲 終 不 移.
巫 山 猶 錦 樹,[1]
南 國 且 黃 鸝.[2]

다시 근심하다, 10

강가는 또한 가을빛인데
불같은 구름이 끝내 옮겨가지 않네.
무산에는 오히려 비단 같은 나무
남국에는 또 꾀꼬리 울음소리.

1) 巫山(무산): 기주(夔州)에 있는 산. 錦樹(금수): 비단 같은 나무. 단풍으로 아름답게 물든 나무를 가리킨다.

2) 南國(남국): 기주를 가리킨다. 黃鸝(황리): 꾀꼬리.

제10수에서는 기후가 북방과 달라 근심하고 있다. 때는 가을이라 단풍이 물들었건만 구름은 여전히 뜨겁고 봄에 우는 꾀꼬리가 울고 있다. 첫째 구는 셋째 구와, 둘째 구는 넷째 구와 시상이 이어지며, 매 구의 셋째 자에 '亦(역)' '終(종)' '猶(유)' '且(차)'라는 부사어를 사용해 이질적인 기후에 대한 느낌을 부각하고 있다. 제10수부터 마지막인 제 12수까지는 현재의 경물과 일을 읊고 있다.

復愁十二首(其十一)

每恨陶彭澤,[1]
無錢對菊花.[2]
如今九日至,[3]
自覺酒須賒.[4]

다시 근심하다, 11

매번 도연명을 한탄했으니
술 살 돈이 없어 국화만 대했었지.
지금 중양절이 되니
나는 술을 외상으로 사야 함을 깨닫네.

1) 陶彭澤(도팽택): 도연명.

2) 無錢(무전) 구: 단도란(檀道鸞)의 『속진양추(續晉陽秋)』에 도연명이 9월 9일에 술이 없어 집 옆에서 국화꽃잎을 따다 그저 손에 움켜쥐고 있었는데, 얼마 뒤에 흰 옷을 입은 사람이 보였으니 곧 왕홍(王弘)이 술을 보낸 것이라는 이야기가 실려 있다.

3) 九日(구일): 음력 9월 9일. 중양절. 이날에 국화주를 마시는 풍습이 있다.

4) 賒(사): 외상으로 사다.

제11수에서 두보는 자신의 빈궁한 삶을 한탄하고 있다. 두보는 평소 도연명의 빈궁함을 한탄했다. 하지만 도연명은 중양절에 술을 보내준 사람이 있었는데, 자신은 그런 사람조차 없어 술을 외상으로 사야 할 판이다. 첫째 구의 도연명에 대한 '한탄(恨)'으로 그보다 더 궁한 자신의 신세에 대한 한탄을 이끌어내고 있다.

復 愁 十 二 首(其 十 二)

病 減 詩 仍 拙,
吟 多 意 有 餘.[1]
莫 看 江 總 老,[2]
猶 被 賞 時 魚.[3]

다시 근심하다, 12

병이 줄어들어도 시는 여전히 졸하고
읊은 시가 많아도 말하고픈 뜻은 남아 있네.
강총이 늙었다고 여기지 마라
여전히 하사받은 어대를 차고 있으니.

1) 意有餘(의유여): 풀지 못한 뜻이 남아 있다. 시름이 남아 있다.

2) 江總(강총): 남북조 진(陳)나라 사람으로 상서령(尙書令)을 역임했으며 진나라가 망하고 수(隋)나라에 접어들자 강남(江南)으로 가서 여생을 보냈다. 여기서는 두보 자신을 비유한다.

3) 賞時魚(상시어): 당시에 두보가 상으로 하사받은 어대(魚袋). 두보는 일찍이 엄무의 추천으로 상서성검교공부원외랑(尙書省檢校工部員外郞)이 되었기에 비어대(緋魚袋)를 하사받았다.

제12수는 전체의 총결이다. 시를 읊으며 시름을 풀고자 하지만 이처럼 열두 수의 연작시로 읊어도 여전히 풀지 못한 시름이 남아 있다. 마지막 두 구에서는 자신의 신분을 자각하며 시름을 극복하려는 듯한 모습을 보이고 있다. 이는 연작시의 중간 다섯 수(제5~9수)에 나오는 시국 상황에 대한 근심을 수렴하면서 세상을 다스리는 데 이바지해야 한다는 관리로서의 책임감을 피력한 것이다. 마지막 두 구를, '강총처럼 늙은 나이에 공부원외랑 신분의 어대를 차고 있다고 해서 세상에 쓰이고자 하는 뜻이 있다고 보지 말라'고 해석하기도 한다. 이렇게 보면 전란이 끊이지 않고 문제가 많지만 정작 자신은 이런 시국에 도움을 줄 수 없기에 더욱 시름이 깊어지는 것으로 이해할 수도 있다.

歸 雁

東 來 萬 里 客,[1]
亂 定 幾 年 歸.[2]
腸 斷 江 城 雁,[3]
高 高 正 北 飛.[4]

돌아가는 기러기

동쪽으로 온 만 리 길 나그네
난리 평정되어 어느 해에나 돌아갈까?
애가 끊어지는구나, 강성의 기러기
높이높이 북으로 날아가고 있으니.

1) 東來(동래): 동쪽으로 오다. 두보가 삼협을 나와 동쪽으로 왔음을 말한다. 재주(梓州)에서 성도로 돌아온 것으로 보아 '동쪽에서 왔다'고 보는 견해도 있다. 萬里客(만리객): 만 리 먼 곳을 떠도는 나그네. '萬'은 '千(천)'으로 된 판본도 있다.

2) 亂定(난정) 구(句): '지금 난리가 한창이니 언제쯤이면 난리가 평정되어 고향에 돌아갈 수 있을까'라는 말이다.

3) 江城(강성): 강가에 있는 성.

4) 正(정): 한창. '向(향)'으로 된 판본도 있다.

이 시에 대해 포기룡(浦起龍)은 두보가 대력 3년(768년)에 삼협을 나간 뒤에 지은 것으로 보고 있다. 구조오(仇兆鰲) 등은 광덕 2년(764년) 두보가 재주(梓州)에서 성도로 돌아왔을 때 지은 것으로 보기도 한다. 봄이 되어 다시 북쪽으로 날아가는 기러기를 바라보며 전쟁이 끝나 고향으로 돌아가고 싶은 마음을 써내었다. 두보의 여타 절구와는 달리 평순하고 전아한 시어에 여운이 느껴지는 작품이다. 『독두심해』에서는 "신비한 맛이 높고 심원하다(神味高遠)"라고 평하고 있다.

II. 칠언절구(七言絶句)

贈李白

秋來相顧尙飄蓬,[1]
未就丹砂愧葛洪.[2]
痛飮狂歌空度日,
飛揚跋扈爲誰雄.[3]

이백에게 드리다

가을이 되어 돌아보니 아직도 떠도는 쑥인데
단사를 이루지 못해 갈홍에게 부끄럽네.
통쾌하게 마시고 미친 듯 노래 부르며 헛되이 날을 보내는데
높이 날고 뛰어오름은 누구를 위한 영웅의 행동인가?

1) 飄蓬(표봉): 떠도는 쑥. 바람에 날리는 쑥대처럼 정처 없이 떠도는 것을 비유한다.

2) 就丹砂(취단사): 수은으로 이루어진 황화 광물인 단사를 이루다. 단사가 생산되는 지역으로 가는 것을 가리키는 것으로 보기도 한다. 葛洪(갈홍): 동진(東晉)의 도교 이론가이자 연단술가(煉丹術家). 일찍이 나부산(羅浮山)에서 진사(辰沙)나 단사(丹沙)로 황금이나 약을 만드는 연단술을 행했다.

3) 飛揚跋扈(비양발호): 새처럼 높이 날고 물고기처럼 뛰어오르다. 마음껏 날뛰는 모습을 비유한 말이다. '扈'는 물고기를 잡는 통발을 말하고, '跋扈'

는 물고기가 통발을 뛰어넘는 모습을 형용한 것으로 제멋대로 날뛰는 것을 말한다. 爲誰雄(위수웅): 누구를 위한 영웅의 행동인가? 결국 의미 없는 영웅의 행위라는 말이다.

이 시는 천보(天寶) 4년(745년) 가을에 지은 것이다. 두보가 서로의 신세를 탄식하며 이백(李白)에게 써준 시이다. 당시 두보와 이백은 제(齊)나라, 노(魯)나라 지역을 유랑하고 있었기에 첫째 구에서 떠도는 쑥 신세라고 말하고 있다. 후반부에서는 이백의 생활 모습을 잘 형용하고 있다. 일견 호방한 듯 이야기하고 있지만 뜻을 제대로 펴지 못하고 '헛되이 날을 보내는(空度日)' 이백에 대한 안타까움과 애정이 배어 있다. 이는 이백 이야기이기도 하면서 동시에 두보 자신의 불우에 대한 감개도 담겨 있다. 두보는 이백을 흠모하여 여러 편의 시를 써주었는데 그 시들은 이백의 시풍을 닮아 표현이 호방하고 거침이 없다.

虢國夫人[1]

虢國夫人承主恩,
平明上馬入宮門.[2]
却嫌脂粉涴顔色,[3]
淡掃蛾眉朝至尊.[4]

괵국부인

괵국부인은 주상의 은총을 받아
날 밝을 무렵에 말 타고 궁문에 들어가네.
오히려 연지와 분이 얼굴빛을 더럽힐까 꺼려
엷게 누에 눈썹만 그리고 지존을 뵙네.

1) 虢國夫人(괵국부인): 양귀비(楊貴妃)의 언니. 애초에 배 씨(裴氏)에게 시집갔지만 당 현종의 총애를 받아 천보(天寶) 7년에 괵국부인에 봉해졌다.

2) 平明(평명): 여명. 날 밝을 무렵을 말한다. 宮門(궁문): 궁궐의 문. '宮'은 '金(금)'으로 된 판본도 있다.

3) 嫌(혐): 꺼려하다. 싫어하다. 脂粉(지분): 연지와 분. 화장품을 가리킨다. 涴(완): 더럽히다.

4) 掃(소): 그리다. 눈썹을 그리는 것을 말한다. 蛾眉(아미): 누에 눈썹. 至尊(지존): 천자인 현종을 가리킨다.

이 시는 천보 12년(753년)에 두보가 장안에 있을 때 지은 것으로 보이는데, 포기룡은 두보의 시가 맞는지 의구심을 표하고 있다. 당 현종은 양귀비뿐만 아니라 그녀의 세 언니를 모두 총애하여 국부인(國夫人)에 봉했다고 한다. 이 시는 괵국부인이 입조(入朝)하는 모습을 그리고 있는데 그 속에 은근한 풍자가 담겨 있다. 전반부에서는 날이 밝으면 정무를 보기 위해 중신들이 입조해야 하건만 그 시간에 괵국부인이 남의 시선을 아랑곳하지 않고 말을 타고 버젓이 궁문으로 들어가는 모습을 그렸다. 후반부에서는 괵국부인이 자신의 미모에 자부심을 느끼며 곧바로 황제를 뵙는 모습을 묘사했는데 괵국부인의 자만심과 오만함이 느껴진다.

蕭八明府實處覓桃栽[1]

奉乞桃栽一百根,[2]
春前爲送浣花村.[3]
河陽縣裏雖無數,[4]
濯錦江邊未滿園.[5]

소실 현령에게 복숭아 묘목을 구하다

삼가 복숭아 묘목 백 그루를 구하노니
봄이 오기 전에 완화촌으로 보내주십시오.
하양현에야 비록 무수히 많을 테지만
탁금강 가에서는 정원도 채우지 못합니다.

1) 蕭八明府實(소팔명부실): 현령(縣令) 소실(蕭實). '八'은 그의 6촌 이내의 항렬이며, '明府'는 현령을 뜻한다. 覓(멱): 찾다. 구하다. 桃栽(도재): 복숭아 묘목. '栽'를 '심는다'는 뜻으로 보기도 한다.

2) 奉乞(봉걸): 삼가 구하다.

3) 爲送(위송): 나를 위해 보내다. 浣花村(완화촌): 두보가 성도에 정착해 초당을 지은 마을.

4) 河陽縣(하양현): 하남(河南) 맹현(孟縣). 반악(潘岳)이 현령을 지낸 곳이다. 반악은 그곳 현령이 되자 복숭아나무와 오얏나무를 심어 "하양현은 온통

꽃(河陽一縣花)"이라 불렸다. 소실이 현령으로 다스리는 고을을 비유한다.

5) 濯錦江邊(탁금강변): 성도의 금강(錦江) 가. 두보의 초당이 있는 곳. 성도는 비단의 명산지인데 비단을 짜서 이 강에 씻었기 때문에 '탁금강(濯錦江)'이라고도 한다.

이 시는 상원(上元) 원년(760년) 초봄에 성도의 초당에서 지은 것이다. 두보가 초당에 안착하면서 현령 소실에게 정원을 가꿀 복숭아 묘목을 구하는 편지 형식의 시이다. 복숭아나무로 유명한 하양현의 현령 반악을 소실에 비유하고 있다. 후반부는 대장(對仗)을 이루는 가운데 소실이 있는 곳과 두보가 있는 곳의 대비가 두드러져 재치가 있으면서 호소력이 깊다. 편지를 대신해 사소한 일상사를 표현한 점이 주목할 만하다.

從韋二明府續處覓綿竹[1]

華軒藹藹他年到,[2]
綿竹亭亭出縣高.[3]
江上舍前無此物,[4]
幸分蒼翠拂波濤.[5]

위속 현령에게 면죽을 구하다

그윽한 당신의 청사를 지난해에 가보았더니
우뚝한 면죽이 고을에 높이 솟아 있었습니다.
강가의 집 앞에는 이런 물건이 없으니
푸른빛을 나누어주어 파도를 스치기를 바란답니다.

1) 韋二明府續(위이명부속): 현령(縣令) 위속(韋續). '二'는 그의 6촌 이내의 항렬이며, '明府'는 현령을 뜻한다. 綿竹(면죽): 대나무의 일종으로 면죽현의 특산물이다. 제목 뒤에 '三數叢(삼수총)' 석 자가 더 있는 판본도 있다.

2) 華軒(화헌): 화려한 청당(廳堂). 위속의 청사(廳舍)를 가리킨다. 藹藹(애애): 깊고 그윽한 모양. 초목이 무성하여 빛이 약간 어두운 모양. 위속의 고을에는 면죽이 많기 때문에 이렇게 표현한 것이다.

3) 亭亭(정정): 높이 솟은 모양.

4) 江上舍(강상사): 강가에 있는 집. 완화계(浣花溪) 옆에 있는 두보의 초당

을 가리킨다.

5) 幸(행): 은행(恩倖)을 구하다. 바라다. 蒼翠(창취): 푸른빛. 푸른 면죽을 가리킨다. 波濤(파도): 완화계의 물결을 가리킨다. 이 구절은 대나무를 나누어주면 완화계 가에 심겠다는 뜻이다.

이 시는 상원 원년(760년)에 성도의 초당에서 지은 것이다. 초당을 가꾸기 위해 면죽현의 현령인 위속에게 면죽을 부쳐달라고 부탁하는 편지 형식의 시이다. 전반부에서는 작년에 가보았던 그곳의 면죽이 인상 깊었음을 말하고 있다. 마지막 구에서 면죽이 완화계의 파도를 스치는 장면을 상상하며 그 푸른빛(蒼翠)을 나누어달라는 표현이 멋있다. 앞의 시와 마찬가지로 두보의 여유 있는 생활이 느껴진다. 이처럼 두보가 자질구레한 일상사를 시로 표현한 것이 송대 이후의 시에 많은 영향을 미쳤다.

憑何十一少府邕覓榿木栽[1]

草堂塹西無樹林,[2]
非子誰復見幽心.[3]
飽聞榿木三年大.
與致溪邊十畝陰.[4]

하옹 현위에게 부탁하여 오리나무 묘목을 구하다

초당 시내 서쪽에 수림이 없는데
그대가 아니면 누가 또 내 그윽한 마음을 알아보겠는가?
오리나무는 삼 년이면 크게 자란다고 실컷 들었으니
시냇가에 열 이랑의 그늘을 보내주십시오.

1) 憑(빙): 기대다. 부탁하다. 何十一少府邕(하십일소부옹): 현위(縣尉) 하옹(何邕). '十一'은 그의 6촌 이내의 항렬이며, '少府'는 현위를 뜻한다. 榿木(기목): 오리나무. 제목 뒤에 '數百(수백)' 두 자가 더 있는 판본도 있다.

2) 塹(참): 해자. 여기서는 두보의 초당을 둘러 흐르는 시내인 완화계(浣花溪)를 가리킨다.

3) 幽心(유심): 그윽한 마음. 은거하려는 마음을 말한다.

4) 與致(여치): 주어 보내다. '與'를 '위하여'라는 뜻으로 보기도 한다. 畝(묘): 이랑. 면적의 단위. 본음은 '무'이다.

이 시는 상원 원년(760년)에 성도에서 지은 것이다. 당시 초당에 안착한 두보는 초당 주변을 가꾸며 이런저런 나무 묘목을 구했다. 여기서는 현위 하옹에게 오리나무 묘목을 구하고 있다. 초당 서쪽에 숲이 있으면 오후의 뜨거운 햇살을 막으며 시원한 그늘에서 쉴 수가 있는데, 이러한 자신의 마음을 '은거하려는 마음(幽心)'으로 표현하고 있다. 그래서 빨리 자라는 오리나무를 구해 심고자 한 것이다. 마지막 구에서 '열 이랑의 그늘(十畝陰)'을 보내달라는 표현도 재미있다. 이것이 앞 구의 '삼 년이면 큰다(三年大)'와 은근히 대구를 이루고 있기도 하다. 앞의 시들과 마찬가지로 일상사를 소재로 한 편지시다.

詣徐卿覓果栽[1]

草堂少花今欲栽,
不問綠李與黃梅.[2]
石筍街中却歸去,[3]
果園坊裏爲求來.[4]

서경에게 가서 과일 묘목을 구하다

초당에 꽃이 적어 이제 심고자 하여
푸른 오얏이건 누런 매실이건 가리지 않는다네.
석순가에서는 도리어 빈손으로 돌아갔다가
과원방에 과수 묘목을 구하러 왔다네.

1) 詣(예): 이르다. 가다. 徐卿(서경): 누구인지 확실히 알 수 없다. 果栽(과재): 과일 묘목. '果' 뒤에 '子(자)'가 첨가된 판본도 있다.

2) 綠李(녹리): 과일 껍질이 녹색인 오얏나무. 黃梅(황매): 매실은 익으면 황색이 되기에 이렇게 부른다.

3) 石筍街(석순가): 성도의 거리 이름. 『독두심해』에 인용된 두광정(杜光庭)의 『석순기(石筍記)』에 따르면, 성도 자성(子城) 안을 흥의문(興義門) 금용방(金容坊)이라고 하는데 석순 두 그루가 있으며 그 높이가 한 길 남짓이라고 한다.

4) 果園坊(과원방): 서경이 사는 동네. '果園'은 동네 이름이다. 爲求來(위

구래): 과수 묘목을 위해 구하러 오다. '爲'를 '爲之'로 이해할 수도 있다.

이 시는 상원 원년(760년)에 성도에서 지은 것으로 보인다. 상원 2년에 지었다는 설도 있다. 두보는 초당에 심을 과일 나무 묘목을 구하고자 먼저 성도 시내 중심가로 보이는 석순가로 갔지만 그곳에는 지명 그대로 석순(石筍)만 있었는지 묘목을 구하지 못했다. 과일 나무 묘목을 구하려면 당연히 '과원방(果園坊)'에 가야 하는 것일까? 과원방은 지명이지만 '과원(果園)'이 과수원을 뜻하는 것처럼 과수(果樹) 묘목을 구할 수 있었나 보다. 마침 그곳에 두보가 아는 서경도 있어 찾아갔던 것이다. 이런 일련의 작품들은 두보가 정성을 들인 수작은 아니지만, 일상사를 가벼운 필채로 유희하듯 쓴 것이어서 여유로움이 느껴진다.

憑韋少府班覓松樹子栽[1]

落落出群非欅柳,[2]
青青不朽豈楊梅?[3]
欲存老蓋千年意,[4]
爲覓霜根數寸栽.[5]

위반 현위에게 부탁하여 소나무 묘목을 구하다

우뚝하니 출중하지만 느티나무는 아니고
푸르러 시들지 않는다고 어찌 소귀나무랴?
노성한 덮개 이룰 천 년의 뜻을 보존코자 하니
서리 견디는 뿌리 몇 치 묘목을 구해주게나.

1) 憑(빙): 기대다. 부탁하다. 韋少府班(위소부반): 현위(縣尉) 위반(韋班). '少府'는 현위를 뜻한다. 위반은 두보와 동향 사람으로 당시 부강(涪江)에서 현위를 맡고 있었던 것으로 보인다.

2) 落落(낙락): 우뚝 솟은 모양. 欅柳(거류): 느티나무.

3) 楊梅(양매): 소귀나무. 그 열매는 곡식과 비슷하면서 씨가 있고 맛이 시며 강남에서 난다고 한다. 소귀나무는 겨울에도 시들지 않기에 소나무에 비견된다.

4) 老蓋(노개): 나이 든 덮개. 소나무가 오래 자라면 가지가 늘어져 덮개처

럼 되는 것을 말한다.

5) 爲覓(위멱): 나를 위해 찾아주다. 霜根(상근): 서리를 이기는 뿌리. 즉 소나무 뿌리를 가리킨다.

이 시는 상원 원년(760년)에 성도에서 지은 것이다. 초당에 소나무를 심기 위해 위반에게 그 묘목을 구하는 시이다. 먼저 소나무의 빼어난 모습과 시들지 않는 절개는 다른 범상한 나무와는 비견될 수 없음을 말하고 있다. 전반부에서 소나무를 읊으면서 다른 나무를 통해 소나무를 돋보이게 하는 수법을 쓰고 있다면, 후반부에서는 '老蓋千年意(노개천년의)'와 '霜根(상근)'으로 소나무의 기상을 직접적으로 칭찬하고 있다. 『두시상주』에서는 "소나무 '송(松)' 자를 한 자도 드러내지 않았지만 매 구절이 모두 소나무와 들어맞고 있으니, 다른 작품과 비교할 때 유독 함축성이 있다(不露一松字, 却句句切松, 較之他章, 獨有蘊藉.)"라고 평하고 있다.

又於韋處乞大邑瓷碗[1]

大邑燒瓷輕且堅,[2]
扣如哀玉錦城傳.[3]
君家白碗勝霜雪,[4]
急送茅齋也可憐.[5]

또 위반에게 대읍의 자기 그릇을 구하다

대읍의 구운 자기는 가볍고 견고하여
두드리면 슬픈 옥 소리가 난다고 금성에 전하네.
그대 집의 흰 그릇은 눈서리보다 희니
급히 내 초가집에 보내주면 또한 가히 사랑스러우리.

1) 韋處(위처): 위반(韋班)의 처소. 위반은 바로 앞의 시에 나온 두보의 동향인이다. 大邑(대읍): 사천성(四川省)에 있는 현 이름. 瓷碗(자완): 자기 그릇.

2) 燒瓷(소자): 구운 자기 그릇.

3) 扣(구): 두드리다. 哀玉(애옥): 구슬픈 옥소리. 錦城(금성): 성도. 금관성(錦官城)이라고도 한다.

4) 君家(군가): 그대의 집. 위반의 집을 가리킨다. 勝(승): 낫다.

5) 茅齋(모재): 초가집. 두보의 초당을 가리킨다. 也(야): 또한. 역시. 可憐(가련): 사랑스럽다. 아름답다.

이 시는 앞의 시와 같은 시기인 상원 원년(760년)에 성도에서 지은 것이다. 위반은 두보와 동향 사람이라 부담이 적었던지 소나무 묘목에 이어 자기 그릇까지 보내달라며 부탁하고 있다. 대읍에서 나는 자기 그릇의 재질, 소리, 색깔을 층차 있게 묘사하고서 자신의 집에 급히 보내달라고 쓰고 있다. 앞의 시들과 마찬가지로 요구 사항을 적은 편지를 대신한 작품이다. 이처럼 일상적인 편지를 절구로 쓴 일련의 작품들은 그다지 높은 평가를 받고 있지는 못하지만, 절구사(絶句史)에서 두보가 본격적으로 시도한 것으로 후대의 시에 적지 않은 영향을 미쳤다.

絶句漫興九首(其一)[1]

眼見客愁愁不醒,[2]
無賴春色到江亭.[3]
卽遣花開深造次,[4]
便教鶯語太丁寧.[5]

흥이 나는 대로 쓴 절구 아홉 수, 1

나그네 시름, 그 깨지 않는 시름을 뻔히 보면서도
무뢰한 봄빛은 강변 정자에 이르렀네.
즉시 꽃을 피움이 심히 급작스러운데
곧장 꾀꼬리를 울게 함도 너무 빈번하구나.

1) 漫興(만흥): 흥이 나는 대로 거침없이 쓴 것을 말한다.

2) 眼見(안견): 눈으로 보다. 이 구절은 춘색의 눈으로 나그네 시름을 본다는 말이다.

3) 無賴(무뢰): 무뢰하다. '무뢰'는 본래 사람에 해당되는 것인데, 여기에서는 봄빛이 그러하다고 말하고 있다.

4) 遣(견): ~로 하여금 ~하게 하다. 開(개): 피우다. '飛(비)'로 된 판본도 있다. 造次(조차): 급작스럽다. 경솔하다.

5) 便(변): 곧. 문득. 敎(교): ~로 하여금 ~하게 하다. 丁寧(정녕): 거듭하

다. 빈번하다.

이 연작시는 상원 2년(761년) 봄에 성도에서 지은 것이다. 그곳 초당에 찾아온 봄을 대하여 느끼는 객수, 즉 객지에서 느끼는 쓸쓸함이나 시름을 거침없이 쓰고 있는데 일반적인 정감과는 다른 감회가 적지 않다. 제1수에서는 두보의 초당에 찾아온 봄은 기쁨을 주는 것이 아니라 도리어 근심을 더하는 무뢰배일 뿐이라고 말하고 있다. 봄의 정령인 꽃과 새도 괜히 급작스럽게 피고 너무 빈번하게 울어 시인을 성가시게 만들 뿐이라고 한다. 이 시에 사용한 시어 또한 거칠고 구어투에 가깝다. 전아한 시어로 절제된 감정을 표현하는 절구를 높이 평가하는 평자들을 당혹스럽게 만들기 충분하다. 이러한 봄에 대한 불만스러운 감정과 거친 표현의 이면에는 '객수(客愁)'가 깔려 있다. 『두억』에서는 '객수'가 전체 아홉 수의 강령(綱領)이라고 보고 있다.

絶句漫興九首(其二)

手種桃李非無主,[1]
野老牆低還是家.[2]
恰似春風相欺得,[3]
夜來吹折數枝花.

흥이 나는 대로 쓴 절구 아홉 수, 2

복숭아 오얏나무 손수 심었으니 주인 없는 게 아니고
촌 늙은이네 담장이 낮다 해도 그래도 집이거늘,
마치 봄바람이 나를 업신여기듯
밤새 꽃나무 몇 가지를 불어 꺾어버렸네.

1) 手種(수종): 손수 심다. 두보가 직접 심었다는 말이다.

2) 野老(야로): 촌 늙은이. 두보 자신을 가리킨다. 牆(장): 담장. 초당의 담을 가리킨다. 還是(환시): 그래도 ~이다.

3) 相欺得(상기득): 나를 기만하다. 나를 업신여기다.

제2수에서는 봄바람이 꽃가지를 꺾어버린 것을 탓하며 불만스러운 심사를 표출하고 있다. 이는 제1수의 '花開(화개)'를 이어받은 것이다. 이 봄바람이 두보의 초가집을 얕잡아보고 자신을 업신여긴다고 직설적으로 불만을 드러내고 있다. 그래서 밤사이 꽃나무 가지를 꺾어버렸다고 나무라고 있는데, 달리 보면 그만큼 봄꽃을 아끼고 사랑하는 마음이 투영되어 있는 것이다.

絶句漫興九首(其三)

熟知茅齋絶低小,[1]
江上燕子故來頻.[2]
銜泥點汚琴書內,[3]
更接飛蟲打著人.[4]

흥이 나는 대로 쓴 절구 아홉 수, 3

초당이 매우 낮고 작은 것을 잘도 아는지
강가 제비들 짐짓 자주 날아오네.
진흙을 물어 거문고와 서책을 더럽히더니
또 날벌레 잡는다고 사람을 치고 가네.

1) 熟知(숙지): 잘 알다. 茅齋(모재): 초가집. 두보의 초당을 가리킨다. 絶(절): 매우. 대단히.

2) 故(고): 짐짓. 일부러. 頻(빈): 빈번하다. 자주.

3) 銜泥(함니): 진흙을 물다. 點汚(점오): 더럽히다.

4) 打著(타착): 치다. 때리다.

제3수에서는 제비를 빌려 감개를 기탁하고 있는데, 이는 제1수의 '鶯語(앵어)'와 연관되며 시상을 이어받은 것이다. 이 제비 역시 자신의 초당을 얕잡아보고 고의로 날아와 기물을 더럽히고 옷소매를 치며 사람을 무시한다고 투정 섞인 불평을 늘어놓고 있다. 『독두심해』에서는 제비를 보고 조롱의 뜻을 기탁했다고 한다. 하지만 친한 사람에게 오히려 투정도 부리는 것처럼 그만큼 제비를 친근하게 여긴다고 볼 수도 있을 것이다.

絶 句 漫 興 九 首(其 四)

二 月 已 破 三 月 來,[1]
漸 老 逢 春 能 幾 回.
莫 思 身 外 無 窮 事,
且 盡 生 前 有 限 杯.[2]

흥이 나는 대로 쓴 절구 아홉 수, 4

이월이 이미 다하고 삼월이 오니
점점 늙어감에 봄은 몇 번이나 맞을 수 있을까?
몸 밖의 무궁한 일을 생각하지 말고
그저 생전의 유한한 술잔이나 다 기울이련다.

1) 破(파): 다하다. 끝나다.

2) 且(차): 그저. '고차(姑且)' '잠차(暫且)'—'잠깐, 잠시'의 뜻.

앞에서는 봄과 그 경물들을 그렇게 나무라더니 제4수에서는 도리어 봄이 가는 것을 안타까워하고 있다. 여기서 두보의 본심이 드러난다. 즉 앞에서 보여준 봄에 대한 온갖 불평불만은 사실 봄에 대한 깊은 애정에서 비롯된 것임을 알 수 있다. 점점 늙어가니 가는 봄은 더욱 아쉽다. 이런 자연의 섭리 앞에 무력한 인간이 무엇을 할 수 있을까? 그저 술이나 즐기며 급시행락(及時行樂)코자 한다고 탓할 수 있을까? 셋째, 넷째 구는 대장도 절묘한 가구(佳句)이다.

絶句漫興九首(其五)

腸斷江春欲盡頭,[1]
杖藜徐步立芳洲.[2]
顚狂柳絮隨風去,[3]
輕薄桃花逐水流.

흥이 나는 대로 쓴 절구 아홉 수, 5

애끊는 강가의 봄이 다할 무렵에
지팡이 짚고 천천히 걸으며 방초 우거진 모래톱에 섰네.
미친 버들솜은 바람 따라가고
경박한 복사꽃은 물결 따라 흘러가네.

1) 江春(강춘): 강가의 봄. '春江(춘강)'으로 된 판본도 있다. 頭(두): 무렵. 즈음.

2) 杖藜(장려): 명아주 지팡이를 짚다. 芳洲(방주): 방초가 우거진 강가의 모래톱.

3) 顚狂(전광): 미쳐 날뛰다. 柳絮(유서): 버들솜. 去(거): 가다. '舞(무)'로 된 판본도 있다.

제5수의 전반부에서 두보는 제4수의 시상을 이어받아 봄이 다하는 것을 애달파하며 천천히 거닐고 있다. 그러다가 후반부에서는 또다시 버들솜은 미쳤고, 복사꽃은 경박하다며 한층 거친 어투로 나무라고 있다. 곽지달(郭知達)의 『구가집주두시(九家集注杜詩)』에서는 버들솜과 복사꽃을 돈과 권력이 서로 결탁하는 것을 풍자한 것으로 보고 있는데, 이런 식의 해석은 이 연작시의 주지(主旨)에도 어긋날 뿐만 아니라 시의 맛을 오히려 떨어뜨리는 것이다.

絶句漫興九首(其 六)

懶慢無堪不出村,[1]
呼兒日在掩柴門.[2]
蒼苔濁酒林中靜,
碧水春風野外昏.

홍이 나는 대로 쓴 절구 아홉 수, 6

게을러 할 만한 일이 없어 마을을 나서지 않으며
아이를 불러 날마다 사립문 닫게 하네.
푸른 이끼에 앉아 탁주를 기울이니 숲속이 고요하고
푸른 물과 봄바람에 들 밖은 어둑하구나.

1) 懶慢(나만): 게으르다. 나태하다. 無堪(무감): 감당할 만한 일이 없다.

2) 日在(일재): 매일. 날마다. '日'은 '自(자)'로 된 판본도 있다.

제6수에서는 다소 한적한 생활과 고요한 풍경이 펼쳐진다. 이는 앞 시의 미친 듯 날뛰고 경망스러운 경치와는 상반된 듯한 모습이다. 『독두심해』에서는 "'林中靜(임중정)'은 마을 안의 운치이니 한가롭게 자득한 모습이다. '野外昏(야외혼)'은 마을 밖의 운치로서 나와는 아무 상관없는 일이다. '昏(혼)'이라는 한 글자를 썼으니 역시 꽃을 괴로워하고 새를 원망한다는 뜻이다(林中靜, 村內致也, 悠然自得. 野外昏, 村外致也, 無預我事. 着一昏字, 亦惱花恨鳥之意.)"라고 설명하고 있다.

絶句漫興九首(其七)

糝徑楊花鋪白氈,[1]
點溪荷葉疊靑錢.[2]
筍根雉子無人見,[3]
沙上鳧雛傍母眠.[4]

흥이 나는 대로 쓴 절구 아홉 수, 7

길에 달라붙은 버들솜은 흰 모전을 펼쳤고
시내에 점점이 떠 있는 연잎은 푸른 동전을 겹쳐놓았네.
죽순 뿌리 밑의 꿩 새끼는 보는 사람이 없고
모래 위의 오리 새끼는 어미 곁에 잠자고 있네.

1) 糝(삼): 섞이다. 달라붙다. 白氈(백전): 흰 모전. 모전은 솜털로 짠 모직물을 가리킨다. 길에 떨어진 버들솜을 흰 모전을 펼친 것에 비유한 것이다.

2) 疊(첩): 겹쳐지다. '류(纍)'로 된 판본도 있다. 靑錢(청전): 청동전(靑銅錢).

3) 筍根(순근): 죽순 뿌리. 雉子(치자): 꿩 새끼. '雉'는 '稚(치)'로 된 판본도 있다.

4) 鳧雛(부추): 오리 새끼.

제7수에서는 아름답고 한적한 경물을 묘사하면서 제6수의 시상을 이어받고 있다. 『두시상주』에서는 "이 시는 경물을 빌려서 스스로 즐긴 것으로 곧 여름이 올 시기이다. '糝(삼)' '鋪(포)' '點(점)' '疊(첩)' 자는 모두 시구의 눈, 즉 시안(詩眼)이다(此借景物以自娛, 乃將夏之候也. 糝字鋪字點字疊字, 皆句中眼.)"라고 평하고 있다.

絶句漫興九首(其 八)

舍西柔桑葉可拈,[1]
江畔細麥復纖纖.[2]
人生幾何春已夏,[3]
不放香醪如蜜甛.[4]

흥이 나는 대로 쓴 절구 아홉 수, 8

집 서쪽 부드러운 뽕나무는 그 잎을 딸 만하고
강가 작은 보리 이삭은 또 가늘고 길게 자랐구나.
인생은 얼마나 되나, 봄이 벌써 여름이니
향기로운 막걸리가 꿀처럼 달콤하여 내려놓을 수 없네.

1) 拈(염): 잡아 따다.

2) 江畔(강반): 강변. 강가. 纖纖(섬섬): 가늘고 긴 모습.

3) 春已夏(춘이하): 봄이 이미 여름이 되었다.

4) 香醪(향료): 향기로운 막걸리. 蜜甛(밀첨): 꿀처럼 달다.

제8수는 시상이 제4수와 호응한다. 제4수에서는 봄이 다하려고 해 술을 찾고 있고, 여기서는 벌써 여름이 되어 술을 마시고 있다. 후반부는 조조(曹操)가 지은 「단가행(短歌行)」의 "술을 대하고 노래를 불러야 하리, 인생이 얼마나 되는가!(對酒當歌, 人生幾何!)"라는 구절을 연상시킨다.

絶句漫興九首(其九)

隔戶楊柳弱嫋嫋,[1]
恰似十五女兒腰.
誰謂朝來不作意,[2]
狂風挽斷最長條.[3]

흥이 나는 대로 쓴 절구 아홉 수, 9

지게문 너머로 연약한 버들가지 산들산들
흡사 열다섯 소녀 허리 같구나.
아침나절에 작심한 게 아니라고 누가 말하리오?
미친바람이 제일 긴 가지를 당겨 끊어버렸네.

1) 隔戶(격호): 지게문 건너편. '戶外(호외)'로 된 판본도 있다. 嫋嫋(요뇨): 바람에 산들산들 흔들리는 모양.

2) 誰謂(수위): 누가 말하리오. 누가 ~할 줄 생각이나 했으랴? 朝來(조래): 아침나절. 作意(작의): 작심하다.

3) 挽斷(만단): 당겨 끊다.

제9수는 전반부에서 산들거리는 버들가지를 소녀 허리에 비유한 것이 감각적이다. 그러다가 후반부에서 이 연약하고 아름다운 가지를 미친바람이 작심하고 꺾었다고 하며, 다시 이 연작시의 초반 작품들과 마찬가지로 불평에 가득 찬 말투로 시를 끝맺고 있다. 제1수의 '객수(客愁)'에서 시작되어 봄에 대한 불평으로 수미상응(首尾相應)하며 '만흥(漫興)'의 필채로 일관하고 있는 것이다. 이 연작시를 두보의 객수와 불우함을 우회적으로 표현한 것으로 이해할 수도 있겠지만, 솔직하면서 거침없는 표현으로 이전의 절구와는 다른 풍격을 창조한 측면에 주목할 필요도 있을 것이다.

春水生二絶(其一)

二月六夜春水生,
門前小灘渾欲平.[1]
鸕鷀鸂鶒莫漫喜,[2]
吾與汝曹俱眼明.[3]

봄물이 불어나다, 1

이월 엿샛날 밤 봄물이 불어나
문 앞 작은 여울이 온통 질펀해졌네.
가마우지야 자원앙아, 공연히 너희만 좋아하지 마라,
나도 너희와 함께 눈이 밝아졌단다.

1) 小灘(소탄): 작은 여울. '灘'은 '籬(리)'로 된 판본도 있다. 渾欲平(혼욕평): 모두 평평해지려 하다. 물이 불어나 수면이 온통 질펀해졌음을 말한다.

2) 鸕鷀(노자): 가마우지. 鸂鶒(계칙): 자원앙. 원앙보다 크며 보라색이 많아서 자원앙이라고도 불린다. 莫漫喜(막만희): 쓸데없이 좋아하지 마라. 공연히 자기들만의 즐거움이라고 여기지 말라는 말이다.

3) 汝曹(여조): 너희 무리. 가마우지와 자원앙을 두고 한 말이다. 眼明(안명): 눈이 밝아지다. 봄물이 불어난 것을 보고 마음이 기뻐졌다는 말이다.

상원 2년(761년) 봄에 성도의 초당에 있을 때 완화계의 물이 불어난 것을 보고 감상을 적은 시이다. 제1수에서는 봄물이 불어난 것에 대한 즐거움을 우선 적고 있다. 가마우지와 자원앙처럼 기뻐하는 밝은 눈빛이 되었다는 표현이 재미있다. 『독두심해』에서는 "이 두 구는 '혼자서 득의양양하여 자랑하지 마라, 나 또한 너희 무리에게 지지 않는다'는 말이다(下二, 言莫便獨誇得意, 吾亦不輸與汝曹也.)"고 해석하고 있는데, 마치 서로 기쁨을 경쟁하는 듯하다.

春 水 生 二 絶(其 二)

一 夜 水 高 二 尺 强,[1]
數 日 不 可 更 禁 當.[2]
南 市 津 頭 有 船 賣,
無 錢 卽 買 繫 籬 旁.[3]

봄물이 불어나다, 2

하룻밤에 물이 두 자 넘게 높아지니
며칠이면 더욱 감당할 수 없겠네.
남쪽 저자 나루에 파는 배가 있건만
곧장 사다가 울 곁에 매어둘 돈이 없네.

1) 二尺强(이척강): 2척이 좀 넘는다.

2) 禁當(금당): 견디다. 감당하다.

3) 無錢(무전) 구: 초당이 물에 침수될까 걱정하여 배를 사서 준비할 생각을 하는 것이다.

제2수는 물이 불어나 근심하는 글이다. 앞 시에서의 기쁨도 잠시, 하룻밤 새 물이 너무도 많이 불어나 도리어 근심을 자아내는 것이다. 즉 배를 살 돈도 없는데 초당이 물에 잠기면 어쩌나 하고 걱정하고 있다.

少年行二首(其一)

莫笑田家老瓦盆,[1]
自從盛酒長兒孫.[2]
傾銀注玉驚人眼,[3]
共醉終同臥竹根.[4]

소년의 노래, 1

농가의 오래된 질그릇 동이를 비웃지 마라,
이것으로 술을 담근 이래로 자손도 키웠다네.
은 술병 기울이고 옥잔에 술을 따라 사람 눈을 놀라게 해도
함께 취하면 끝내는 같이 대뿌리에 눕는다네.

1) 瓦盆(와분): 질그릇 동이. 술을 담는 도기(陶器).

2) 自從(자종): ~한 이래로. ~로부터. 長(장): 성장시키다.

3) 傾銀(경은): 은으로 만든 술병을 기울이다. 注玉(주옥): 옥으로 된 잔에 술을 따르다. '玉'은 '瓦(와)'로 된 판본도 있다.

4) 竹根(죽근): 대나무 뿌리. 대나무 아래를 뜻한다. 셋째, 넷째 구는 부귀한 소년이 은과 옥으로 술그릇을 만들어 보는 사람을 놀라게 하나, 농가의 질그릇 동이를 쓰는 자와 끝내는 함께 취해 대나무 아래에 눕게 될 뿐이라는 뜻이다.

이 두 수의 시는 상원 2년(761년) 여름 성도에서 지은 것으로 귀천이 다를 바 없으며 때에 맞추어 행락해야 한다는 뜻을 펼쳐 젊은이를 계도하면서 나아가 노쇠한 자신을 고무하고자 하는 작품이다. 제1수는 만물을 같이 보는 달관의 뜻을 담아 소년을 깨우치는 시이다. 즉 질그릇 동이와 금옥이 비록 달라도 술 담아 마시기로 따진다면 취했을 때는 다 함께 대뿌리에 눕게 되니 귀천을 구별할 필요가 없음을 말한다.

少 年 行 二 首(其 二)

巢 燕 養 雛 渾 去 盡,[1]
江 花 結 子 也 無 多.[2]
黃 衫 年 少 來 宜 數,[3]
不 見 堂 前 東 逝 波.

소년의 노래, 2

둥지의 제비는 새끼를 기르다가 모두 다 떠났고
강가의 꽃은 열매를 맺어 또한 많지 않네.
노란 적삼 입은 젊은이, 의당 자주 와야 하니
집 앞에 동으로 흘러가는 물결을 보지 못했는가?

1) 養(양): 기르다. '引(인)'으로 된 판본도 있다. 雛(추): 여기서는 제비 새끼를 가리킨다. 渾(혼): 모두.

2) 也(야): 또한.

3) 黃衫(황삼): 노란 적삼. 부귀한 사람이 입는 복장을 뜻한다. 數(삭): 자주.

제2수는 급시행락(及時行樂)의 뜻을 피력하며 소년을 고무하고 있다. 봄은 너무나 빨리 지나가고 세월은 흘러가는 물결 같으니 황삼 입은 젊은 시절이 얼마나 가겠는가? 그러니 때에 맞춰 즐기지 않을 수 없다.

이처럼 소년들을 고무하는 이면에는 이미 늙어버린 두보 자신에 대한 감개가 은연중에 담겨 있다고도 볼 수 있다.

少年行

馬上誰家白面郎,[1]
臨階下馬蹋人牀.[2]
不通姓字粗豪甚,[3]
指點銀瓶索酒嘗.[4]

소년의 노래

말 위는 어느 집 귀한 도령이기에
섬돌에 와서야 말을 내려 남의 자리를 밟는지.
통성명도 하지 않고 무례함이 심한데
은 술병을 가리키며 마실 술을 달라 하네.

1) 白面郎(백면랑): 하얀 얼굴의 젊은이. 귀족 집안의 자제를 가리킨다. '白面'은 '薄媚(박미)'로 된 판본도 있다.

2) 臨階(임계): 섬돌에 이르다. '階'는 '軒(헌)'으로 된 판본도 있다. 蹋(답): 밟다. '坐(좌)'로 된 판본도 있다. 牀(상): 평상이나 의자. 또는 호상(胡牀), 즉 접이식 간이의자.

3) 粗豪(조호): 거칠고 호방하다. 무례한 모습을 말한다.

4) 銀瓶(은병): 은으로 된 술병. 嘗(상): 맛보다. 마시다.

이 시는 한 귀족 자제의 거칠고 호방한 모습을 그리고 있는데, 실은 그 무례한 행동을 풍자한 것이다. 일반적으로 보응 원년(762년)의 작품으로 편재하고 있다.

贈花卿[1]

錦城絲管日紛紛,[2]
半入江風半入雲.[3]
此曲祗應天上有,[4]
人間能得幾回聞.

화경에게 주다

금관성에 음악 소리 날마다 어지러워
반은 강바람에 들고 반은 구름에 드네.
이 노래는 응당 천상에만 있어야 하니
인간 세상에서 몇 번이나 들을 수 있겠나?

1) 花卿(화경): 화경정(花驚定). 당나라 때의 장수로 이름을 경정(敬定)이라고도 한다. 숙종 상원(上元) 초에 단자장(段子璋)이 촉에서 반란을 일으키자 최광원(崔光遠)을 성도윤(成都尹)으로, 화경정을 아장(牙將)으로 삼아 토벌했다. 화경정은 단자장을 주벌하고 나서 공훈을 믿고 노략질을 일삼았다고 한다. 화경은 화경정이 아니라 당시 성도의 가기(歌妓)라는 설도 있다.

2) 錦城(금성): 금관성(錦官城), 즉 성도(成都)를 가리킨다. 絲管(사관): 현악기와 관악기. 모든 악기. 여기서는 그 음악 소리를 가리킨다. 日(일): 날마다. 하루 종일. '曉(효)'로 된 판본도 있다.

3) 入江(입강) 구: 음악 소리가 맑고 높이 퍼짐을 말한다.

4) 此曲(차곡): 「예상우의가(霓裳羽衣歌)」를 가리킨다는 설도 있다. 祗應(지응): 응당. 有(유): '去(거)'로 된 판본도 있다. 이 구는 이 음악은 천자만 쓸 수 있음을 말한다.

이 시는 상원 2년(761년)에 지은 것으로 보인다. 화경정이 단자장을 토벌한 공을 믿고 교만하게 천자의 예악을 사용하자 이 시를 지어 풍자한 것이다. 마지막 구는 그가 반드시 오래가지 못할 것임을 말하고 있다. 양신(楊愼)의 『승암집(升庵集)』에 따르면, 이 시는 왕창령(王昌齡)과 이백(李白)의 칠언절구처럼 당대의 악부(樂府)로 즐겨 불렸으며, 시의 뜻이 언외(言外)에 있어 『시경(詩經)』 시인의 취지를 가장 잘 실현했다는 평가도 받고 있다. 나아가 초횡(焦竑)은 "화경은 공로를 믿고 교만하여 두보가 비꼬았다. 그런데도 함축하여 드러내지 않으니 말하는 사람은 죄가 없고 듣는 사람은 가르침으로 삼을 수 있다는 국풍 시인의 뜻이 있다. 두보의 절구 100여 수 가운데 이 시가 최고이다(花卿恃功驕恣, 杜公譏之, 而含蓄不露, 有風人言之無罪, 聞者足戒之旨. 公之絶句百餘首, 此爲之冠.)"고 평하기도 했다.

李司馬橋了承高使君自成都回[1]

向來江上手紛紛,[2]
三日功成事出群.[3]
已傳童子騎青竹,[4]
總擬橋東待使君.[5]

이사마의 다리가 완성되었을 때
고사군이 성도에서 돌아오다

근래에 강가에서 손길이 분주하더니
삼 일 만에 공을 이루었으니 일한 것이 특출하네.
이미 전해 듣기로, 아이들이 푸른 대나무를 타고
모두 다리 동쪽에서 사군을 기다리려 한다네.

1) 了(료): 완료되다. '成(성)'으로 된 판본도 있다. 承(승): 받들어 모시다. 경사(敬詞)로 쓰였으며 이 글자가 없는 판본도 있다. 高使君(고사군): 고적(高適). 본래 엄무(嚴武)가 성도윤(成都尹)이었는데, 당시 고적이 그 대리 업무를 마치고 본래의 임지인 촉주(蜀州)의 자사로 돌아온 것이다.

2) 向來(향래): 전부터. 근래에. 手紛紛(수분분): 손이 어지럽다. 여러 사람이 분주하게 일하는 것을 말한다.

3) 三日功成(삼일공성): 이사마가 다리 만드는 일을 빨리 끝냈음을 말한다.

事出群(사출군): 일의 성과가 비범했음을 말한다.

4) 童子騎青竹(동자기청죽): 후한(後漢) 곽급(郭伋)이 병주자사(幷州刺史)가 되어 임지에 이르렀을 때 수백 명의 아이들이 죽마를 타고서 기쁘게 맞이했던 고사를 사용했다. '竹'은 '馬(마)'로 된 판본도 있다.

5) 總(총): 모두. 擬(의): ~하려고 하다.

상원 2년(761년) 촉주에서 지은 것이다. 당시 이사마가 만든 다리가 완성되었고 때마침 고적이 성도윤의 대리직을 마치고 임소인 촉주로 돌아오니, 이 시를 지어 그를 환영하는 뜻을 나타낸 것이다. 전반 두 구는 이사마가 다리를 완공했다는 것이고, 후반 두 구는 고사군이 촉주로 돌아왔다는 것이다. 『독두심해』에서는 "마침 다리 공사가 막 끝났을 때 고사군이 임지에 돌아오면서 이 다리를 건너게 되어 즉흥적으로 읊은 것이다(適當橋工甫畢, 高君回任渡此橋, 率爾成詠.)"고 설명하고 있다.

江畔獨步尋花七絶句(其一)

江上被花惱不徹,[1]
無處告訴只顚狂.[2]
走覓南鄰愛酒伴,[3]
經旬出飮獨空牀.[4]

강가에서 홀로 걸으며 꽃을 찾다, 1

강가의 꽃 때문에 번뇌가 그치지 않는데
어디 하소연할 데 없어 다만 미치고 환장하겠네.
술친구를 찾아 남쪽 마을로 달려갔지만
술 마시러 나간 지 열흘도 넘어 그저 빈 침상뿐이네.

1) 被花(피화): 꽃으로 인하여. 꽃으로 말미암다. 惱(뇌): 번뇌. 시름. 不徹(불철): 다하지 않다.

2) 顚狂(전광): 미쳐서 날뛰다.

3) 走覓(주멱): 달려가 찾다. 愛酒伴(애주반): 술을 좋아하는 친구, 곧 술친구로 원주(原注)에서는 자신의 술친구 '곡사융(斛斯融)'이라고 밝혔다.

4) 經旬(경순): 열흘이 지나다. 出飮(출음): 술 마시러 나가다.

이 연작시는 상원 2년(761년) 봄에 성도 초당에서 강가를 홀로 거닐며 지은 것으로 보인다. 매 수 꽃을 등장시켜 시인의 복잡한 마음을 형상화했다. 제1수에서는 홀로 거니는 이유를 말하고 있다. 즉 술친구를 찾아갔지만 만나지 못했던 것이다. 두보의 봄꽃에 대한 느낌은 여느 시인들과 다르다. 만발한 봄꽃이 오히려 더욱 번뇌를 자아내어 미칠 지경이라며 직설적으로 말하고 있다. 둘째 구의 '顚狂(전광)'은 이 연작시 전체를 관통하는 심리이기도 하다. 또한 당시 속어를 사용해 거침없는 느낌을 주고 있다. 절구는 일반적으로 절제되고 전아(典雅)한 표현 속에 운미(韻味)를 추구하는 것이 정격으로 평가받는다. 이런 관점에서 두보의 이와 같은 절구는 변격(變格)으로 평가받는다. 두보가 꽃을 보며 이렇게 괴로워하는 이면에는 자신의 불우한 현실과의 대비도 있지만, 사실 꽃에 대한 사랑이 깊고 남다르기 때문이다.

江畔獨步尋花七絶句(其二)

稠花亂蕊畏江濱,[1]
行步欹危實怕春.[2]
詩酒尙堪驅使在,[3]
未須料理白頭人.[4]

강가에서 홀로 걸으며 꽃을 찾다, 2

빽빽하고 어지러운 꽃 때문에 강가가 두려운데
비틀거리다 보니 실로 봄이 무섭구나.
시와 술은 그런대로 부릴 수 있으니
흰머리 늙은이라 걱정할 필요 아직은 없다네.

1) 亂蕊(난예): 어지러운 꽃. 어지러울 정도로 많이 핀 꽃. 畏(외): 두렵다. '裹(과)'로 된 판본도 있다. 이럴 경우 꽃이 강가를 감싸고 있다는 말이다.

2) 欹危(기위): 비스듬한 모양. 비틀거리며 걷는 모습을 형용한 것이다. 시인이 나이가 들어 걸음도 제대로 못 걸어서 그렇다고 보기도 하지만, 실은 노년에 맞이한 봄이 두려운, 심정적인 문제로 보인다.

3) 驅使(구사): 부리다. 在(재): '得(득)'의 뜻으로, 가능의 의미를 전하는 당시의 구어이다.

4) 料理(요리): 돌보다. 걱정하다. 白頭人(백두인): 흰머리 늙은이. 두보 자

신을 가리킨다.

제2수에서는 강변에 막 도착해 꽃과 봄이 두렵다며 비틀거리며 걷는 모습이 나타나 있다. 노년에 이러한 아름다운 봄 풍경을 맞이했기에 두려운 것으로 다소 반어적인 표현이다. 후반부에서 아직 시와 술을 부릴 수 있으니 걱정할 필요가 없다며 억지로 자신을 위로하고 있다.

江 畔 獨 步 尋 花 七 絶 句(其 三)

江 深 竹 靜 兩 三 家,
多 事 紅 花 映 白 花.[1]
報 答 春 光 知 有 處,[2]
應 須 美 酒 送 生 涯.

강가에서 홀로 걸으며 꽃을 찾다, 3

강 깊고 대숲 고요한 곳에 두세 집
부질없이 붉은 꽃이 흰 꽃을 비추고 있네.
봄빛에 보답하는 방법을 알고 있으니
마땅히 좋은 술로 인생을 보내야 하지.

1) 多事(다사): 일삼는 것이 많다. 호사(好事)하다. 부질없다. 고요한 곳에 화려한 꽃이 많이 핀 것을 두고 말한 것이다.

2) 有處(유처): 처리할 방법이 있다. 보답할 방법을 알고 있다는 뜻이다.

제3수는 강가의 몇 집을 지나가며 지은 것이다. 집은 적은데 꽃은 붉은 꽃, 흰 꽃 등이 가득 피어 있다. 이 꽃들을 '다사(多事)'하다고 표현한 것이 이채롭다. 이 꽃들이 시름을 자아내기에 짐짓 나무라듯이 말하고 있지만 사실은 봄꽃에 대한 애정이 밑바탕에 깔려 있다. 그래서 봄빛을 제대로 즐겨 보답하려는 듯 급시행락(及時行樂)의 뜻을 피력하고 있다.

江畔獨步尋花七絶句(其 四)

東望少城花滿煙,[1]
百花高樓更可憐.
誰能載酒開金盞,[2]
喚取佳人舞繡筵.[3]

강가에서 홀로 걸으며 꽃을 찾다, 4

동으로 소성을 바라보니 꽃이 연무처럼 가득한데
온갖 꽃이 만발한 높은 누대는 더욱 아름답네.
누가 술 싣고 와 술잔을 열고서
미인을 불러 아름다운 자리에서 춤추게 할 수 있으리?

1) 少城(소성): 성도 서쪽에 있는 성으로 저자가 있으며 사람이 많이 거주한다. 花滿煙(화만연): 꽃이 연무처럼 가득하다. '연화(煙花)'라는 말을 참신하게 표현한 것이다. 꽃에 연기가 가득하다고 보기도 한다.

2) 金盞(금잔): 금 술잔. 술잔에 대한 미칭(美稱)이다. '盞'은 '瑣(쇄)'로 된 판본도 있다.

3) 繡筵(수연): 수놓은 자리. 화려한 자리.

제4수는 성중의 꽃을 돌아보면서 지은 것이다. 셋째, 넷째 구는 아름다운 꽃이 가득한 누대를 바라보면서 호탕하게 술 마시고픈 기분을 묘사한 것이다. 『두시상주』에서는 "소성은 사람이 조밀하게 거하여서 연기가 꽃을 뒤덮고 있는데, 불러서 마실 이가 아무도 없어 누대를 바라보며 탄식하는 것이다(少城居密, 故烟氣蒙花, 招飮無人, 所以望樓興歎.)"라고 설명하고 있는데 그다지 적절해 보이지 않는다.

江 畔 獨 步 尋 花 七 絶 句(其 五)

黃 師 塔 前 江 水 東,[1]
春 光 懶 困 倚 微 風.[2]
桃 花 一 簇 開 無 主,[3]
可 愛 深 紅 愛 淺 紅.

강가에서 홀로 걸으며 꽃을 찾다, 5

황사탑 앞의 강물 동쪽에서
봄빛에 나른하여 미풍에 기대었네.
복사꽃 한 무더기 피어 주인이 없으니
짙은 홍색을 좋아할까 옅은 홍색을 좋아할까?

1) 黃師塔(황사탑): 승려를 장사지내는 곳.

2) 懶困(나곤): 나른하고 피곤하다.

3) 一簇(일족): 한 무더기.

제5수는 황사탑 앞에 이르러 복사꽃을 보고 지은 것이다. '봄빛에 나른하여 미풍에 기대었다'는 구절은 지금까지 근심하고 두려워하던 것과는 다른 느낌을 준다. 마지막 구는 '愛(애)' 자를 두 번 사용해 운치가 있다.

江畔獨步尋花七絕句(其 六)

黃四孃家花滿蹊,[1]
千朶萬朶壓枝低.[2]
留連戱蝶時時舞,[3]
自在嬌鶯恰恰啼.[4]

강가에서 홀로 걸으며 꽃을 찾다, 6

황사양 집에는 꽃이 길에 가득하여
천 송이 만 송이로 가지가 축 늘어졌네.
머뭇거리는 장난스러운 나비 때때로 춤추고
한가로운 아름다운 꾀꼬리 때마침 우는구나.

1) 黃四孃(황사양): 황씨 집안의 넷째 딸. 이웃에 사는 기녀라는 설도 있다. 蹊(혜): 지름길.

2) 朶(타): 송이. 壓枝低(압지저): 가지를 눌러 나지막해지다. 꽃이 많이 피어 그 무게 때문에 가지가 축 늘어진 것이다.

3) 留連(유련): 머무르다. 꽃에 끌려 쉽게 떠나지 못하고 머뭇거리는 모양이다. 戱蝶(희접): 희롱하는 나비. 장난치는 나비.

4) 自在(자재): 한가롭고 자득한 모양. 자유자재하다. 恰恰(흡흡): 때마침. 공교롭게. 의성어로 꾀꼬리의 울음소리로 볼 수도 있다.

제6수는 황사양의 집에 이르러 그곳의 꽃과 나비를 보고 지은 것이다. 천만 송이 꽃이 흐드러지게 피어 가지를 '눌렀다(壓)'는 표현이 아름답다. 『독두심해』에서는 "황사양은 본래 기녀이다. '노는 나비'와 '아름다운 앵무새'라는 표현을 쓴 것이 딱 들어맞는다(黃四孃自是妓人. 用戲蝶嬌鶯恰合.)"라고 한다. 『두억』에서는 "제6수의 묘함은 '유련'과 '자재'에 있다. 봄빛의 화창함이 또 사람을 괴롭게 함을 깨닫는다(第六之妙, 在留連自在, 春光駘蕩, 又覺惱人.)"라고 설명하고 있다.

江畔獨步尋花七絶句(其七)

不是看花卽索死,[1]
只恐花盡老相催.[2]
繁枝容易紛紛落,[3]
嫩葉商量細細開.[4]

강가에서 홀로 걸으며 꽃을 찾다, 7

꽃을 보고파 죽을 지경이 아니라
꽃이 다 지면 늙음이 재촉할까 두려울 뿐이네.
꽃이 무성한 가지는 쉽게 분분히 떨어져 내리니
여린 꽃잎이여 상의해서 부디 천천히 피려무나.

1) 看花卽索死(간화즉색사): 꽃을 보고 싶어 곧 죽을 지경이다. '愛花卽欲死(애화즉욕사)'로 된 판본도 있다.

2) 老相催(노상최): 늙음이 나를 재촉하다. 즉 빨리 늙는다는 말이다.

3) 紛紛(분분): 어지러운 모양. 꽃잎이 어지러이 떨어지는 모양.

4) 嫩葉(눈엽): 어린 잎. 여린 꽃잎. '葉'은 '蕊(예)'로 된 판본도 있다. 細細開(세세개): 가늘게 피다. 즉 천천히 하나하나 핀다는 뜻이다.

제7수는 총결로 꽃에 대한 사랑을 표현하며 자신의 늙음을 한탄하고 있다. 두보는 사실 봄꽃을 무척 좋아하고 아끼는 것이다. 앞의 시에서 봄꽃에 대해 투덜거린 것도 사실 이 때문이다. 사랑하기 때문에 노년에 보는 꽃, 너무 쉬 져버리는 꽃을 보고서 마음이 즐거울 수만은 없는 것이다. 전반 두 구에 대해 『독두심해』에서는 "지금까지 꽃을 보고 근심하는 표현이 무수히 많이 있었지만, 이 첫 두 구절이 그것을 다 말해버렸다(向來無數惱花, 得此起二語道破.)"라고 평하고 있다. 그래서 마지막 두 구에서 이런 시인의 심정을 담아 제발 하나하나 천천히 피라고 부탁하고 있다. 『구가집주두시(九家集注杜詩)』에서 조차공(趙次公)은 "'쉽다'와 '상의하다'는 말은 상편의 '하소연하다' '보답하다' '부르다' '머뭇거리다' '한가롭다'와 함께 모두 속어를 아름답게 잘 사용한 것이다(容易商量, 與上篇告訴報答喚取留連自在, 皆使俗字不失爲佳.)"라고 설명하고 있다. 이처럼 이 연작시는 당시 구어에 가까운 표현을 즐겨 쓰면서 봄꽃에 대한 시인의 감회를 거침없이 표현하고 있어 이채로운 작품이다.

重贈鄭鍊絶句[1]

鄭子將行罷使臣,
囊無一物獻尊親.[2]
江山路遠羈離日,[3]
裘馬誰爲感激人.[4]

정련에게 절구를 거듭 드리다

정자가 사신을 그만두어 떠나려 할 제
주머니에는 어버이께 바칠 물건 하나 없네.
강산의 먼 길에서 떠도는 날
갖옷 입고 말 탄 이 중에 누가 감격할 사람인가?

1) 重贈(중증): 거듭 주다. 「양양으로 가는 정련에게 주어 이별하다(贈別鄭鍊赴襄陽)」는 시를 먼저 주었고 이 시는 그다음에 준 것이다. 鄭鍊(정련): 두보가 완화계 초당에서 살 때 평소 시를 주고받으며 지내던 사람이다. 그가 고향 양양으로 돌아가자 석별의 정을 노래한 시를 써 주었는데, 양양은 두보의 원적(原籍)이기도 하기에 정이 각별했다.

2) 囊(낭): 주머니. 尊親(존친): 상대방 부모에 대한 경칭(敬稱).

3) 羈離(기리): 나그네로 떠돌다. 먼 길을 떠나는 정련의 신세를 말한다.

4) 裘馬(구마): 가벼운 갖옷과 살찐 말. 부귀한 사람의 차림새를 뜻한다.

感激(감격): 정련의 청빈함에 감격해 그를 가련히 여기는 것을 뜻한다. 이 구절은 부귀한 이들 중에 그를 제대로 알고 써줄 사람이 없음을 탄식한 것이다.

이 시는 보응 원년(762년)에 성도에서 양양으로 떠나는 정련에게 준 것이다. 정련이 청빈하게 살다가 관직을 그만두고 돌아가는 정황을 안타까워하는 마음이 담겨 있다. 그러한 정련이 두보 자신의 원적이기도 한 양양으로 떠나기에 더욱 감회가 깊었던 것이다. 그래서 먼저 율시 한 수를 써 주고서도 이 시를 이어서 준 것이다. 정련의 불우함을 탄식하는 가운데 두보 자신의 신세에 대한 감개도 담겨 있다.

中丞嚴公雨中垂寄見憶一絶奉答二絶(其 一)[1]

雨映行宮辱贈詩,[2]
元戎肯赴野人期.[3]
江邊老病雖無力,[4]
强擬晴天理釣絲.[5]

엄무 중승께서 비가 오는 가운데 날 생각해주는
절구 한 수를 부쳐주셨기에 절구 두 수로 답하다, 1

비가 행궁에 비치는데 욕되이 시를 보내주시니
장군께서 기꺼이 야인과의 기약에 오시렵니까?
강가에서 늙고 병들어 비록 힘은 없으나
억지로라도 갠 날에 낚싯줄을 손보려 합니다.

1) 中丞嚴公(중승엄공): 어사중승(御史中丞) 엄무(嚴武). 당시 엄무는 성도윤(成都尹)이면서 어사중승을 겸임하고 있었다. 垂寄(수기): 부쳐주시다. '垂'는 윗사람이 아랫사람에게 하는 동작 앞에 많이 쓰는 존칭어. 見憶(견억): 기억해줌을 당하다. 즉 나를 기억해주다.

2) 行宮(행궁): 안녹산의 난으로 현종이 성도로 몽진해 머물던 장소인데 그 뒤에 군영으로 사용되었다. 이는 당시 엄무의 막부를 가리킨다. 辱(욕): 욕되다. 상대방의 행위에 대한 겸사(謙詞).

3) 元戎(원융): 장군. 엄무를 가리킨다. 野人(야인): 두보 자신을 가리킨다. '肯赴野人期(긍부야인기)'가 '欲動野人知(욕동야인지)'로 된 판본도 있다. 엄무가 보낸 시에 두보를 찾아가고 싶다는 말이 있었던 것으로 보인다.

4) 江邊(강변): 강가. 초당이 자리한 완화계 근처를 가리킨다.

5) 强擬(강의): 억지로라도 ~하려 하다. 理釣絲(이조사): 낚싯줄을 정리하다. 고기를 낚아두고 엄중승의 내방을 기다리겠다는 뜻이다. 엄중승이 찾아오면 함께 낚시질하겠다는 뜻으로 볼 수도 있다.

이 시는 보응 원년(762년) 4월 성도의 초당에서 지은 것이다. 그때 엄무가 비가 내리는 날 두보를 생각하는 절구 한 수를 보내왔다. 이에 두보가 엄무에게 다시 자신의 초당을 방문해줄 것을 희망하면서 답신으로 보낸 시이다. 제1수는 비가 행궁에 비친다는 말로 시작했으니, 이는 우선 부쳐온 시에 의거해 답한 것이다. 가난하고 병약하지만 엄무의 방문을 기대하고 준비하는 두보의 정성과 설렘이 보인다.

中丞嚴公雨中垂寄見憶一絶奉答二絶(其二)

何日雨晴雲出溪,[1]
白沙青石先無泥.[2]
只須伐竹開荒徑,
倚杖穿花聽馬嘶.[3]

엄무 중승께서 비가 오는 가운데 날 생각해주는 절구 한 수를 부쳐주셨기에 절구 두 수로 답하다, 2

어느 날에 비가 개고 구름이 시내를 빠져나가
흰 모래 푸른 돌에 우선 진흙이 없어질까요?
그저 대나무 베어 거친 길을 열고자 하니
지팡이 짚고서 꽃 뚫고 오는 말 울음소리를 들으려 합니다.

1) 溪(계): 시내. 완화계를 가리킨다.

2) 先無泥(선무니): 우선 진흙탕이 없어지다. '先'은 '洗(세)'로 된 판본도 있다.

3) 倚杖(의장): 지팡이를 짚다. '倚'가 '拄(주)'로 된 판본도 있다. 穿花(천화): 꽃 사이를 뚫고 지나다. 두보가 나가서 영접하겠다는 뜻으로 보기도 하지만, 엄무가 꽃 사이를 뚫고 오는 것으로 볼 수 있다. 聽馬嘶(청마시): 말의 울음소리를 듣다. 엄무의 행차가 이르렀음을 상상한 것이다.

제2수는 앞 시의 '갠 날(晴天)'이라는 말을 이어받아서 서술하면서 엄무가 왕림해줄 것을 바라는 내용이다. 엄무가 보내온 시에 필시 비가 개면 방문하겠다는 약속이 있었기에 이렇게 답한 것 같다. 그래서 엄무가 찾아오기 좋게 길을 막고 자란 대나무도 베어내어 길을 열겠다고 하고 있으며, 마지막 구에서 엄무가 찾아오는 모습을 적극적으로 상상하는 말로 그의 방문을 기대하는 심정을 잘 표현하고 있다. '穿花(천화)'라는 말이 마중 나가서 맞이하는 정경을 더욱 아름답게 한다.

謝嚴中丞送青城山道士乳酒一瓶[1]

山瓶乳酒下青雲,[2]
氣味濃香幸見分.[3]
鳴鞭走送憐漁父,[4]
洗盞開嘗對馬軍.[5]

중승 엄무께서 청성산 도사의 마유주 한 병을 보내주신 것에 감사하다

산 속 술병에 담긴 마유주가 푸른 구름에서 내려왔나
맛과 향이 짙은 것을 고맙게도 내게 나눠주셨네.
어부를 가련히 여겨 채찍 울려 급히 보내주셨으니
마군을 대하자마자 잔 씻고 술병 열어 맛본다.

1) 嚴中丞(엄중승): 어사중승(御史中丞) 엄무(嚴武). 青城山(청성산): 촉주(蜀州) 서쪽에 위치한 도교의 명산. 乳酒(유주): 마유주(馬乳酒). 말 젖을 발효시켜 만든 술.

2) 山瓶(산병): 산 속 술병. 촌에서 흔히 쓰는 술병. 下青雲(하청운): 푸른 구름에서 내려오다. 청성산에서 내려보낸 것을 뜻한다.

3) 氣味(기미): 맛과 향. 幸(행): 다행히. 고맙게도. 見分(견분): 나눠줌을 받다. 나에게 나누어주다.

4) 鳴鞭(명편): 채찍을 울리다. 走送(주송): 내달려 보내다. 급히 말을 달리게 하여 보내왔음을 말한다. 憐(련): 가련히 여기다. 漁父(어부): 여기서는 두보 자신을 가리킨다.

5) 盞(잔): 술잔. 嘗(상): 맛보다. 馬軍(마군): 말 타고 심부름하는 기병.

보응 원년(762년) 성도의 초당에서 지은 것이다. 당시 엄무가 귀한 술을 한 병 보내주자 이에 감사하는 뜻으로 적어 보낸 시이다. 그 술이 "푸른 구름에서 내려왔다(下青雲)"고 하여 신선이 보낸 것 같은 느낌을 자아낸다. 셋째, 넷째 구는 대구를 공교하게 사용해 급히 보내고 급히 맛보는 장면을 잘 형상화했다. 이를 통해 서로에 대한 배려와 감사의 마음이 잘 드러나 있다.

三 絶 句(其 一)

楸 樹 馨 香 倚 釣 磯,[1]
斬 新 花 蘂 未 應 飛.[2]
不 如 醉 裏 風 吹 盡,
可 忍 醒 時 雨 打 稀.[3]

절구 세 수, 1

가래나무가 향기 풍기며 낚시 바위에 기대어 있는데
참신한 꽃잎이여 아직 날리면 안 되지.
취중에 바람 불어 다 없어짐만 못하니
깬 때에 비 맞아 떨어짐을 어찌 견디랴!

1) 楸樹(추수): 가래나무. '楸'는 '春(춘)'으로 된 판본도 있다. 馨香(형향): 향기. 향기를 내뿜다. 倚(의): 기대다. 나무가 서 있는 것을 뜻한다. 釣磯(조기): 낚시터인 물가 바위.

2) 斬新(참신): 극히 새롭다(嶄新). 온통 새롭다. 참신하다. 花蘂(화예): 꽃. 꽃잎.

3) 可忍(가인): 어찌 가히 참을 있을까? 견딜 수 없음을 말한다. '可'는 '何(하)'로 된 판본도 있다. 雨打稀(우타희): 비가 때려 드물어지다. 꽃이 비를 맞아 떨어짐을 뜻한다.

이 연작시는 보응 원년(762년)에 성도에서 지은 것이다. 두보는 그곳 초당 주변의 경물들을 차례대로 묘사하고 있다. 제1수에서는 가래나무 꽃을 읊고 있다. 그 꽃이 핀 것을 보자마자 떨어질 것을 근심하고 있는데, 차라리 취중에 바람 불어 다 떨어짐만 못하다는 말 속에 꽃에 대한 지극한 애호의 감정을 느낄 수 있다. 꽃을 갑자기 출세한 후진으로, 비를 임금의 은혜로 보며 당시 세태를 풍자하는 시로도 해석하나 적절치 못하며 도리어 시의 맛을 떨어뜨린다.

三 絶 句(其 二)

門 外 鸕 鷀 去 不 來,[1]
沙 頭 忽 見 眼 相 猜.[2]
自 今 已 後 知 人 意,[3]
一 日 須 來 一 百 回.

절구 세 수, 2

문밖의 가마우지 가서 오지 않더니
모래톱에서 홀연 보이는데 눈길이 날 의심하는 듯.
이제부터 사람의 마음을 안다면
하루에 일백 번은 와야겠지.

1) 鸕鷀(노자): 가마우지. 去(거): '久(구)'로 된 판본도 있다.

2) 沙頭(사두): 모래톱 가. 眼相猜(안상시): 가마우지의 눈길이 나를 의심한다.

3) 自今(자금): 지금부터. 已後(이후): 이후에. 人意(인의): 사람의 뜻. 시인의 마음을 말한다.

제2수에서는 가마우지를 읊고 있다. 초당 문 밖의 가마우지가 떠나가서 오랫동안 오지 않아 아쉽고 그리웠는데 모래톱에서 '홀연(忽)' 보인다는 말에서 시인의 반가워하는 심정이 드러난다. 그런데 가마우지는 시인을 의심하듯 경계하는 눈길을 보내고 있는 것이다. 그래서 나의 이 애틋한 마음을 안다면 이제부터는 하루에 백 번이라도 찾아오라고 말하고 있다. 『두시상주』에서는 "본래 이물이지만 동류처럼 보고 있으니 『열자(列子)』의 바다 노인이 갈매기와 논 것과 같은 뜻이 있다(此詠鸂鶒也. 物本異類, 視若同群, 有列子海翁狎鷗意.)"라고 설명하고 있다. 새와도 마음을 통하며 같이 노닐고픈, 동화 같은 시이면서 한편으로 시인의 지극한 외로움이 담긴 시이기도 하다. 양륜(楊倫)은 『두시경전(杜詩鏡銓)』에서 셋째, 넷째 구에 대해 "진정 적막함을 극도로 묘사한 것이다(正極寫寂寞也.)"라고 평하고 있다.

三 絶 句(其 三)

無 數 春 筍 滿 林 生,[1]
柴 門 密 掩 斷 人 行.[2]
會 須 上 番 看 成 竹,[3]
客 至 從 嗔 不 出 迎.[4]

절구 세 수, 3

무수한 봄 죽순이 숲에 가득 나니
사립문 꼭 닫아 사람 발길을 끊었네.
모름지기 첫 순이 대가 되도록 지켜보려고
손이 와 화를 내더라도 나가 맞지 않으리.

1) 春筍(춘순): 봄에 솟는 죽순.

2) 柴門(시문): 사립문. 密掩(밀엄): 꼭 닫다.

3) 會須(회수): 응당. 모름지기 ~하리라. 上番(상번): 첫번째 것. 처음 나온 죽순을 말한다. 죽순은 처음 나온 것이 크게 자란다고 한다. 看(간): 간수(看守)하다. 지키다. 成竹(성죽): 대나무를 이루다. 죽순이 대나무로 자라다.

4) 從嗔(종진): 화를 내도 내버려두다. 손을 맞으려고 나가다 보면 죽순을 밟을 수도 있고 또한 죽순을 요리해 대접해야 하므로, 문을 열어주지 않는다고 화를 내더라도 죽순을 보호하기 위해 참고 상대하지 않는다는 뜻이다.

제3수에서는 봄 죽순을 읊고 있다. 처음 나온 죽순을 아끼고 보호하는 세심하고 지극한 정성이 잘 드러나 있다. 그래서 일부러 사립문도 닫고 손님도 맞지 않는다. 마지막 구에 대해 호하객(胡夏客)은 "왕자유가 대나무만 보고 주인에 대해서는 묻지 않았던 일을 뒤집어, 주인이 손을 맞지 않는 것으로 바꾸었으니 그 용의가 역시 훌륭하다(因王子猷看竹不問主, 遂翻爲主不迎客, 用意亦巧.)"라고 평하고 있다. 「절구 세 수」는 '斬新(참신)' '上番(상번)'과 같은 당나라의 방언도 사용하며, 사소한 주변 경물을 애정 어린 시선으로 묘사한 것이 특징적이다. 이러한 점은 이전 절구에서 볼 수 없는 것으로 절구의 새로운 길을 개척한 것이다. 그래서 포기룡(浦起龍)은 "이 시는 「강반독보심화칠절구(江畔獨步尋花七絶句)」와 더불어 송·원대 시인의 수법을 개창했다(三絶與七絶, 直開宋元家數.)"라고 평하고 있다.

戲爲六絶句(其一)

庾信文章老更成,[1]
凌雲健筆意縱橫.[2]
今人嗤點流傳賦,[3]
不覺前賢畏後生.[4]

장난삼아 지은 여섯 절구, 1

유신의 문장은 늙어서 더욱 성숙하여
구름에 오를 듯한 웅건한 필치에 뜻이 종횡으로 펼쳐지네.
요즘 사람들은 전해오는 부를 비웃지만
전현이 후생을 두려워할 것 같지 않다.

1) 庾信(유신): 북조에서 주로 활동한 문인. 처음에는 남조의 양(梁)에서 벼슬을 했다가 뒤에 북주(北周)에서 벼슬했는데 그때의 문장이 더욱 아름답고 빼어났다. 그의 「애강남부(哀江南賦)」는 후대에 널리 알려진 대표작이다.

2) 凌雲(능운): 구름 위로 오르다. 뜻이나 기상이 높은 것을 비유한다. 健筆(건필): 웅건(雄建)한 필치(筆致), 즉 빼어난 문장을 가리킨다.

3) 嗤點(치점): 비웃으며 지적하다. 流傳賦(유전부): 전해오는 부. 유신의 「애강남부」를 염두에 둔 표현인데, 여기서의 '賦'는 그의 문학 작품 전반을 다 포괄하는 것으로 볼 수 있다.

4) 不覺(불각): 생각되지 않다. 前賢(전현): 이전의 어진 사람. 여기서는 유신을 가리킨다. 後生(후생): 당시 유신을 비판하던 사람들. 이 구절을 '전현이 후생들의 비웃음을 두려워함을 (요즘 사람들이) 깨닫지 못한다'로 해석하기도 한다.

이 연작시는 상원 2년(761년)에 지은 것으로 추정된다. 중국 최초의 '논시절구(論詩絶句)', 즉 절구 형태로 시에 대해 논한 시로 후대에 큰 영향을 미쳤다. 짧은 절구 속에 시인의 문학관을 압축해 표현하다 보니 뜻이 애매한 부분이 있어서 이에 대한 제가(諸家)의 해설에 차이가 많다. 대체로 고금을 막론하고 훌륭한 작가의 성취를 두루 취할 것, 『시경(詩經)』과 『초사(楚辭)』를 모범으로 하고 굴원(屈原)과 송옥(宋玉)의 수준을 목표로 삼아 분발해야 한다는 것, 육조(六朝)와 초당(初唐) 시기의 시인이라고 하여 함부로 그들을 경시해서는 안 된다는 것 등이 그 주된 주장이다. 제목에서 '戱爲(희위)'라고 한 것은 글자 그대로 장난이라기보다 마음껏 세태를 풍자하면서 자신의 문학관을 펴고자 하는 의도가 담겨 있다. 제1수에서는 남북조 시기 유신의 문장을 칭송하며 그를 비난하는 후대의 세태를 풍자하고 있다. 웅건한 필치에 늙을수록 더욱 완숙한 문장은 두보가 지향하는 바이자 두보 시의 특징이기도 하다.

戱爲六絶句(其 二)

楊王盧駱當時體,[1]
輕薄爲文哂未休.[2]
爾曹身與名俱滅,[3]
不廢江河萬古流.[4]

장난삼아 지은 여섯 절구, 2

양형, 왕발, 노조린, 낙빈왕의 당시의 문체를
경박한 이들이 글을 지어 비웃기를 그치지 않네.
너희들의 몸과 이름이야 다 없어질 것이지만
장강과 황하가 만고에 흐르는 것을 폐하지 못하리.

1) 楊王盧駱(양왕노락): 양형(楊炯), 왕발(王勃), 노조린(盧照鄰), 낙빈왕(駱賓王). 초당사걸(初唐四傑)이라 칭해지는 저명한 문인들이다.

2) 輕薄(경박): 경박한 자. '경박하게'라 풀이할 수도 있다. 哂(신): 비웃다. 이 구절을 '그 글을 가벼이 여겨서 비웃기를 그치지 않다'로 풀이하는 설도 있다.

3) 爾曹(이조): 너희들. 초당사걸을 비웃는 무리를 가리킨다.

4) 江河萬古流(강하만고류): 장강(長江)과 황하(黃河)가 만고에 흐르다. 초당사걸의 시문이 길이 전해질 것을 비유한다.

제2수에서는 양형, 왕발 등 초당사걸을 옹호하며 높이 평가하고 있다. 당시 경박한 세인들이 초당사걸을 폄하하는 경우가 많았다. 두보는 경박한 그들의 이름은 전해지지 않겠지만 초당사걸의 시문과 이름은 만고에 전해질 것이라 평하고 있다. 두보의 이러한 예견은 후대에 그대로 적중되었음을 볼 수 있다.

戲爲六絶句(其三)

縱使盧王操翰墨,[1]
劣於漢魏近風騷.[2]
龍文虎脊皆君馭,[3]
歷塊過都見爾曹.[4]

장난삼아 지은 여섯 절구, 3

설령 노조린, 왕발 등이 글을 지어도
한위의 시들이 국풍과 이소에 가까운 것보다는 못하겠지만,
용문과 호척은 모두 임금이 모는 것이니
흙덩이 지나듯 도성을 지나며 너희들을 보리라.

1) 縱使(종사): 설령. 盧王(노왕): 노조린(盧照鄰)과 왕발(王勃). 초당사걸을 대표하여 두 사람을 든 것이다. 操翰墨(조한묵): 붓과 먹을 쥐다. 글을 짓다.

2) 漢魏(한위): 한나라와 위나라. 여기서는 한·위대에 지은 시를 가리킨다. 風騷(풍소): 『시경(詩經)』의 국풍(國風)과 굴원(屈原)의 「이소(離騷)」를 가리킨다.

3) 龍文虎脊(용문호척): 용문과 호척. 둘 다 준마의 이름. 여기서는 초당사걸의 뛰어난 재능을 비유한다. 馭(어): 말을 부리다. 몰다.

4) 歷塊過都(역괴과도): 흙덩이를 지나가듯 도성을 지나가다. 말이 빨리 달리는 것을 말한다. 爾曹(이조): 너희들. 초당사걸을 비웃는 세인들.

제3수에서는 앞의 시에 이어 초당사걸에 대해 평가하고 있다. 두보는 『시경』과 『초사』를 문장의 근원이자 으뜸이며, 여기에 가까운 한·위 시대의 시들이 그 정수를 잘 견지하고 있다고 보고 있다. 그래서 설령 노조린과 왕발 등의 초당사걸이 글을 지어도 한·위의 시가 옛것에 가까운 것만은 못하겠지만 그래도 이들은 당나라 초기에 풍소(風騷)의 정수를 가장 잘 견지하고 있던 시인들이다. 나아가 초당사걸은 모두 임금이 부릴 만한 준마이기에 이들을 비난하는, 둔한 말 같은 당시 세인들과는 차원이 다르다고 평하고 있다. 옛사람을 가벼이 여기는 당시 세태에 대해 또다시 비판하고 있다.

戲爲六絶句(其四)

才力應難誇數公,[1]
凡今誰是出群雄.[2]
或看翡翠蘭苕上,[3]
未掣鯨魚碧海中.[4]

장난삼아 지은 여섯 절구, 4

재능도 응당 이 몇몇 분들에 비해 자랑하기 어려울 것이니
지금은 도대체 그 누가 출중한 영웅인가?
간혹 비취새가 난초 꽃 위에 앉아 있는 것을 보지만
아직 고래를 푸른 바다 속에서 끌어내지는 못하는구나.

1) 誇(과): 자랑하다. '跨(과)'로 된 판본도 있다. 數公(수공): 앞에서 언급한 유신 및 초당사걸을 말한다.

2) 凡今(범금): 지금. 出群(출군): 출중하다.

3) 翡翠(비취): 새 이름. 蘭苕(난초): 난초 꽃. 이 구는 어쩌다가 문사가 아름다운 작품을 보게 됨을 비유한다.

4) 掣(철): 끌다. 끌어내다. 鯨魚(경어): 고래. 시상과 필력이 웅건한 작품을 비유한다.

제4수는 앞의 세 수의 시상을 이어받으면서 당시의 문풍이 기교에 치우침을 비판하고 있다. 유신과 초당사걸을 비난하는 당시 세인들은 재력(才力)도 그들만 못할 뿐만 아니라 가끔씩 기교를 추구한 섬약한 문장은 쓸 수 있어도 웅건한 기상이 필력에 담긴 작품은 쓰지 못한다고 비판하고 있다. 푸른 바다 속에서 고래를 끌어내는 듯한 기풍은 바로 두보 시의 풍격이기도 하다. 결국 이 시대의 진정한 영웅은 두보 자신이라는 자부도 은연중에 담겨 있다고 볼 수 있다.

戲爲六絶句(其五)

不薄今人愛古人,[1]
清詞麗句必爲鄰.
竊攀屈宋宜方駕,[2]
恐與齊梁作後塵.[3]

장난삼아 지은 여섯 절구, 5

지금 사람을 가벼이 여기지 않고 옛사람을 아끼며
청아한 말과 아름다운 구는 반드시 이웃으로 삼아야 하리.
굴원과 송옥을 부여잡고 나란히 가야 할 것이니
제량의 뒤 먼지 될까 두려워할 일이다.

1) 不薄(불박): 가벼이 여기지 않다. 이 구는 '지금 사람이 옛사람을 좋아하는 것을 가벼이 여기지 않다'라고 풀이하는 설도 있다.

2) 竊(절): 몰래, 적이. 겸사(謙詞)이다. 攀(반): 부여잡다. 屈宋(굴송): 굴원(屈原)과 송옥(宋玉). 모두 『초사(楚辭)』의 대표적 작가이다. 方駕(방가): 나란하게 말을 타다. 나란히 달리다.

3) 齊梁(제량): 제나라와 양나라. 이 시기의 시는 대체로 형식적 아름다움만 추구하는 경향이 있었다.

제5수에서는 선인들의 성과를 배우는 올바른 태도를 논하고 있다. 즉 고금의 시인을 막론하고 뛰어난 점은 본받아야 함을 우선 지적하고, 굴원과 송옥 같은 『초사』의 시인들의 정신을 계승해야지 형식적인 기교에 치우친 제량의 후진이 되어서는 안 됨을 주장하고 있다.

戲爲六絶句(其 六)

未 及 前 賢 更 勿 疑,
遞 相 祖 述 復 先 誰.[1]
別 裁 僞 體 親 風 雅,[2]
轉 益 多 師 是 汝 師.[3]

장난삼아 지은 여섯 절구, 6

선현에 미치지 못함을 결코 괴이하게 여기지 마라
번갈아 서로 본받았으니 또한 누구를 먼저라 하겠는가?
거짓된 체재 가려내 버리면 풍아에 가까워질 것이며
갈수록 더욱 스승이 많아지리니 그들이 네 스승이라.

1) 遞相祖述(체상조술): 갈마들며 서로 조종(祖宗)으로 받들어 계승하다. 번갈아 서로 본받다. 선현에게는 각기 사승(師承)이 있음을 말한다. 모방하고 답습하는 것이 기풍이 되어버린 것을 뜻한다는 설도 있다.

2) 別裁(별재): 구별하여 취하거나 버리다. 僞體(위체): 거짓된 체재. 앞의 시들에서 언급한 것처럼, 난초꽃 위의 비취 같은 기교에만 치중한 글로 굴원과 송옥을 부여잡으려다 제량의 뒤 먼지가 되어버린 것을 가리킨다. 風雅(풍아): 『시경』의 風(풍)과 雅(아). 최고(最古)의 시이면서 시의 전범으로 간주된다.

3) 轉益多師(전익다사): 갈수록 더욱 많아지는 스승. 고인과 금인을 막론하고 뛰어난 이들에게 두루 다 배움을 가리킨다.

제6수도 제5수와 마찬가지로 선현의 성과를 두루 배우도록 독려하고 있다. 선현들을 높이 평가하다 보면 자신이 그들만 못하다고 자괴감에 빠지기 쉽다. 하지만 그 선현들 역시 이전의 선현들에게 배워서 뛰어나게 된 것일 뿐 특별하게 다른 사람이 아님을 말하고 있다. 여기서 주의할 것은, 섬약한 기교에 치중하여 웅건한 기력을 상실한 제량(齊梁)의 시와 같은 거짓된 체재를 가려내 버려야 하는 것이다. 그러면 시의 전범인 『시경』의 뜻에 가까워질 수 있으며, 고금을 막론하고 뛰어난 이는 두루 스승으로 삼아 배울 것을 다시 강조하며 시를 끝맺고 있다. 이를 통해 두보가 이전 시인들의 성과를 두루 섭렵했음을 알 수 있고, 나아가 두보의 시가 집대성(集大成)의 성취를 이룬 이유도 알 수 있다.

惠 義 寺 園 送 辛 員 外[1]

朱 櫻 此 日 垂 朱 實,[2]
郭 外 誰 家 負 郭 田.[3]
萬 里 相 逢 貪 握 手,[4]
高 才 仰 望 足 離 筵.[5]

혜의사 밭에서 신원외를 전송하다

붉은 앵두나무가 이날 붉은 열매를 드리웠고
성곽 밖의 이곳은 뉘 집의 기름진 밭인가?
만 리 멀리서 서로 만나 오래 손을 잡고서
이별 자리에서 재주 높은 이를 맘껏 우러러보네.

1) 惠義寺(혜의사): 재주(梓州)에 있는 절. 辛員外(신원외): 두보와 교분이 있는 이로 성은 신씨이며 원외(員外)는 벼슬 이름이다.

2) 朱櫻(주앵): 앵두나무의 일종.

3) 負郭田(부곽전): 성곽을 등진 밭. 성곽 가까이에 있는 기름진 밭. 여기서는 혜의사의 밭을 가리킨다.

4) 貪握手(탐악수): 악수를 탐하다. 오래 손을 잡고 있는 것을 말한다.

5) 高才(고재): 높은 재주. 신원외를 가리킨다. 足離筵(족리연): 이별 자리에서 맘껏 다 하다. 이 구절은 '재주 높은 이 우러러봄을 이별 자리에서 다

하였다'는 말이다.

이 시는 광덕(廣德) 원년(763년) 봄에 두보가 낭주(閬州)에서 재주로 돌아가는 길에 재주 북쪽 혜의사 앞에 있는 밭에서 신원외를 송별하며 지은 것이다. 전반 두 구에서는 절 앞의 경물을 묘사하며 이별의 정서를 이끌고 있는데, '朱(주)'와 '郭(곽)'을 반복한 것이 유희적이고 가벼운 느낌을 준다. 또한 마지막 구 후반부의 '足離筵(족리연)'이라는 표현도 그다지 자연스러워 보이지 않는다. 『독두심해』에서는 이 시를 집외(集外) 시로 보고 있으며, "심히 좋지 않다(甚不佳)"고 평하고 있다.

答楊梓州[1)]

悶到楊公池水頭,[2)]
坐逢楊子鎭東州.[3)]
却向青溪不相見,[4)]
迴船應載阿戎遊.[5)]

양재주에게 답하다

울적하여 양공지 물가에 왔다가
양자가 동쪽 주를 다스리러 가는 것을 만났네.
도리어 청계로 가느라 보지 못했으니
배를 돌려 그대를 싣고서 놀아야 하리.

1) 楊梓州(양재주): 재주 자사 양 씨.

2) 楊公池(양공지): 못 이름. '房公池(방공지)'로 된 판본도 있다.

3) 坐(좌): 인하여. 逢(봉): 상황을 만나다. 楊子(양자): 양씨를 높여 부른 것으로 양재주를 가리킨다. 鎭(진): 진주하다. 다스리러 가다. 東州(동주): 동쪽 주. 재주를 가리킨다. 이 구는 양 씨가 재주 자사로 부임하는 도중에 양공지를 지나게 되는 상황과 맞닥뜨렸다는 뜻이지, 양 씨를 대면했다는 뜻이 아니다.

4) 青溪(청계): 시내 이름으로 추정된다. 이 구는 두보가 청계로 가느라 양재주를 만나지 못한 것을 뜻한다.

5) 阿戎(아융): 종제(從弟)를 뜻하거나 남의 집 자제를 미칭(美稱)할 때 쓴다. 양재주를 가리키는 것으로 보인다.

이 시는 광덕 원년(763년)에 한주(漢州)에서 지은 것으로 보인다. 포기룡은 재주에서 지은 것으로 보고 있다. 시에서 말하는 뜻에 대해서 제가의 설이 분분한데, 대체로 양 씨와 충분히 노닐지 못한 아쉬움에 쓴 한 통의 편지 같은 시로 보고 있다.

得房公池鵝

房相西池鵝一羣,[1)]
眠沙泛浦白於雲.[2)]
鳳凰池上應回首,[3)]
爲報籠隨王右軍.[4)]

방공 연못의 거위를 얻다

방재상의 서호에 거위 한 무리
모래 위에서 자고 물가에 떠 구름보다 희구나.
봉황지에서 분명 고개 돌리리니
바구니에 담겨 왕희지를 따라갔다고 알려주시길.

1) 房相(방상): 재상 방관(房琯)을 말한다. 西池(서지): 서쪽 연못. 한주(漢州)의 서호(西湖). 방관이 판 연못이라고 한다.

2) 眠沙(면사): 모래 위에서 자다. 白於雲(백어운): 구름보다 희다. '於'는 '如(여)'로 된 판본도 있다.

3) 鳳凰池(봉황지): 궁중의 정원에 있는 연못. 가까이에 중서성이 있으므로 중서성을 봉황지라고도 한다. 방관은 이전에 중서성에 있었는데, 이때 다시 궁궐로 불려갔다. 이 구절은 방관이 봉황지에서 고개 돌려 거위를 바라본다는 말이다.

4) 爲(위): 나를 위하여. 籠(농): 바구니에 담다. 거위를 바구니에 담는다는 뜻이다. 王右軍(왕우군): 왕희지(王羲之). 그는 우군장군(右軍將軍)을 역임했으며 거위를 좋아했다. 거위 십여 마리를 기르는 도사가 있어 왕희지가 가서 사려고 하자 도사는 그에게 『도덕경(道德經)』을 두 장씩 써 주면 거위를 모두 주겠다고 했다. 왕희지는 한나절 동안에 다 써 주고 거위를 바구니에 담아서 돌아갔다고 한다. 두보도 평소 글씨를 잘 썼기에 자신을 왕우군에 비유한 것이다.

이 시는 광덕 원년(763년)에 한주에서 지은 것이다. 방관이 판 한주의 연못에서 기르는 거위를 보고 장난기를 실어 읊었다. 거위를 좋아한 왕희지에 자신을 비유하여 궁궐로 불려간 방관에게 거위를 아까워하지 말라며 해학적인 말을 하고 있다. 『독두심해』에서는 "후반 두 구는 적절하며, 우아한 운치가 있다(下二, 切貼而雅韻.)"라고 평하고 있다.

官池春雁二首(其一)[1]

自古稻粱多不足,[2]
至今鸂鶒亂爲羣.[3]
且休悵望看春水,[4]
更恐歸飛隔暮雲.[5]

관가 연못의 봄 기러기, 1

예로부터 곡식이 늘 부족하건만
지금 자원앙과 어지러이 무리를 이루었네.
짐짓 슬픈 눈으로 봄물을 바라보지 말아야 하니
날아 돌아가려 해도 저녁 구름에 막힐까 또 두렵네.

1) 官池(관지): 관가 연못. 방관(房琯)이 판 한주(漢州)의 서지(西池)를 가리킨다.

2) 稻粱(도량): 벼와 기장. 곡식을 가리킨다.

3) 鸂鶒(계칙): 자원앙. 먹이를 구하느라 어쩔 수 없이 자원앙과 무리를 지었음을 말한다.

4) 且休(차휴): 짐짓 ~ 마라. 이 구절은 기러기가 봄물에 머물 수 없음을 뜻한다.

5) 隔暮雲(격모운): 저녁 구름에 막히다. 멀어서 도달할 수 없음을 뜻한다.

이 시는 광덕 원년(763년)에 한주의 서지에서 지은 것이다. 기러기를 통해 고향으로 돌아가고 싶은 심정을 표현하고 있다. 한편 방관이 일찍 은퇴하여 화를 면하기를 바라는 심경을 그린 것으로 보는 설도 있다. 『독두심해』에서는 "두 절구 모두 뜻을 기탁한 말이다. 제1수에서는 나그네 생활을 하면서 돌아가지 못하는 감흥을 드러내고 있다. 둘째 구는 굴원이 닭과 오리들이 음식을 다툰다고 말한 것과 같다. '먹을 것을 마련하느라 이들과 무리를 짓지만 의당 이들을 떠나 돌아가야 하는데, 길이 막히고 머니 또 어찌하리오?'라는 뜻이다(二絶皆寓言也. 此章見旅食阻歸之感. 次句, 猶屈子言雞鶩爭食也. 謀食而與此輩爲羣, 亦宜去此而歸矣. 道阻且長, 當復奈何.)"라고 설명하고 있다.

官池春雁二首(其二)

靑春欲盡急還鄕,[1]
紫塞寧論尙有霜.[2]
翅在雲天終不遠,[3]
力微矰繳絶須防.[4]

관가 연못의 봄 기러기, 2

푸른 봄이 다 지나가려 하기에 서둘러 고향으로 돌아가야 하니
자줏빛 변새에 아직 서리가 있다고 어찌 따지랴?
날개가 있으니 하늘도 결국 멀지 않건만
힘이 미약하니 주살을 절대 막아야 하리.

1) 欲盡(욕진): 거의 다하려고 하다. '欲'은 '易(이)'로 된 판본도 있다.

2) 紫塞(자새): 변새. 장성(長城)이 있는 북쪽의 흙빛이 붉은색을 띠는 데서 비롯되었다고 한다.

3) 翅(시): 날개. 雲天(운천): 높은 하늘.

4) 矰繳(증작): 주살. 화살에 줄을 묶은 것.

제2수는 제1수 '날아 돌아간다'는 시구를 이어받고 있다. 전반 두 구에서는 돌아가고 싶은 생각이 간절함을 표현했고, 후반 두 구에서는

돌아가는 길이 어려움을 토로했다. '힘이 미약하다'는 표현에서 괴로운 심정이 느껴진다. 『두시경전』에서는 "두 시에 대해 옛 해석에서는 두보 자신을 비유한 것으로 보았지만, 그 말뜻을 자세히 음미해보면 방관을 위한 시인 듯하다. 그가 일찍 은퇴하여 몸을 잘 보전할 계책을 마련하기를 바란다는 말이다. 아마도 당시 세상을 구하는 것이 비록 급하긴 하지만, 또다시 참언과 시기를 겪게 될까 걱정이 된다는 뜻이리라(二詩舊解作自比, 詳其語意, 似是爲房公, 言欲其早退以爲善全之計, 蓋救時雖急, 正惟恐復遭讒妬也.)"라고 설명하고 있다.

投簡梓州幕府兼簡韋十郎官[1]

幕下郎官安隱無,[2]
從來不奉一行書.[3]
固知貧病人須棄,[4]
能使韋郎跡也疏.[5]

재주 막부에 편지를 부치며 아울러 위 낭관에게
편지를 전하다

막부의 낭관들은 평안하신지요?
줄곧 편지 한 줄을 받들지 못하였습니다.
본디 가난하고 병들면 남에게 버림받음을 알고 있지만
위 낭관의 발걸음도 소원할 수 있습니까?

1) 投簡(투간): 편지를 투증(投贈)하다. 편지를 부치다. 韋十郎官(위십랑관): 낭관으로서 재주(梓州) 막부에 들어간 위 씨(韋氏). 당나라 때에는 조정의 인사들이 주(州)의 막부에 들어간 경우가 많았다. '十'은 그의 6촌 이내의 항렬을 가리킨다. '官'이 없는 판본도 있다.

2) 幕下(막하): 막부. 여기서는 재주의 막부를 가리킨다. 郎官(낭관): 여기서는 재주 막부의 여러 관리들을 가리킨다. 安隱(안온): 안온하다. 평안하다. '隱'은 '穩(온)'과 같다. 無(무): (평안하지) 않으신지요? 끝에 덧붙여 의문문

을 이룬다.

3) 一行書(일항서): 한 줄 편지. 이 구절은 재주의 막부 관료들로부터 소식이 없음을 말한 것이다. 편지를 보내지 못했다고 보기도 한다.

4) 固知(고지) 구: '不知貧病關何事(부지빈병관하사)'로 된 판본도 있다.

5) 疏(소): 소원(疏遠)해지다. 드물어지다.

이 시는 광덕 원년(763년)에 한주에 있을 때 지은 작품이다. 재주 막부의 관료들과 위 낭관에게 소식도 없고 왕래가 뜸한 것에 대한 서운한 마음을 편지 형식으로 쓴 것이다. 『독두심해』에서는 둘째 구를 다르게 해석하여 "'편지를 받들지 못하였다'는 표현은 아마도 내가 감히 억지로 통교할 수는 없다는 말일 것이다. 그런데 위 낭관은 범속한 무리들과는 사뭇 다르니, 내가 세상 인정이 소홀하게 대하는 태도로써 그도 마찬가지라고 여길 수가 있겠는가? 어조가 특별히 완곡하다(不奉一書者, 蓋云我固不敢强通也. 然韋郎逈異凡流, 吾能概以世情之疏略料之乎. 語致殊婉.)"라고 풀이하고 있다.

戱作寄上漢中王二首(其一)[1]

雲裏不聞雙雁過,[2]
掌中貪看一珠新.[3]
秋風嫋嫋吹江漢,[4]
只在他鄉何處人.[5]

장난삼아 지어 한중왕께 두 수를 부치다, 1

구름 속 기러기 한 쌍 지나는 소리 듣지 못했으니
손바닥 가운데 새 구슬을 탐하여 보시기 때문인가?
가을바람이 선들선들 장강과 한수에 불어오는데
그저 타향에 있을 뿐이니 도대체 어디 사람인가?

1) 漢中王(한중왕): 이름은 이우(李瑀)이고, 당시 봉주자사(蓬州刺史)로 있었다. 원주(原注)에 "한중왕이 새로 아들을 낳았다(王新誕明珠)"라고 되어 있다.

2) 雙雁(쌍안): 기러기 한 쌍. 예부터 기러기 다리에 편지를 묶어 전했다고 하며, 고시(古詩)에서 편지 보내는 것을 "나에게 잉어 한 쌍을 주었다(寄我雙鯉魚)"라고 했기에 이러한 표현을 쓴 것이다. 이 구는 그동안 소식이 없었음을 두고 한 말이다.

3) 貪看(탐간): 욕심내어 보다. '看'은 '見(견)'으로 된 판본도 있다. 너무나 소중한 것이어서 자꾸 보게 된다는 말이다. 一珠新(일주신): 새 구슬 하나.

새로 태어난 아들을 가리킨다.

4) 嫋嫋(요뇨): 바람이 서늘하게 부는 모양. 江漢(강한): 장강(長江)과 한수(漢水). 여기서는 한중왕이 있는 봉주를 상상해 말한 것이다.

5) 只在(지재) 구: 이 구는 한중왕이 봉주에 폄적되어 있는 상황을 말한 것이면서, 동시에 여기저기 떠돌아다니는 두보 자신의 신세에 대한 한탄으로 볼 수도 있다.

이 연작시는 광덕 원년(763년) 가을에 재주에서 지은 것이다. 한중왕이 새로 아들을 얻은 것을 축하하면서 폄적되어 처량하게 지내는 것을 위로하고 있다. 제1수는 늦둥이 아들 보는 재미에 빠져 소식조차 없다며 투덜대는 듯한 표현에서 장난삼아 지은 '희작(戲作)'의 느낌을 준다. 『두억』에서는 "가을바람이 장강과 한수에 불어오는데 그것을 맞는 자는 타향 어딘가에 있는 사람이니, 이는 스스로를 말한 것이면서 또한 장난의 뜻이 담겨 있다(秋風吹江漢, 而當之者只是他鄉何處人, 此自謂也, 亦有戲意.)"라고 평하고 있다.

戲作寄上漢中王二首(其二)

謝安舟楫風還起,[1]
梁苑池臺雪欲飛.[2]
杳杳東山攜妓去,[3]
泠泠修竹待王歸.[4]

장난삼아 지어 한중왕께 두 수를 부치다, 2

사안의 배에는 바람이 또 일어나고
양원의 연못과 누대에는 눈이 날리려 합니다.
아득한 동산으로 기녀를 데리고 가실 것인데
맑은 수죽은 왕께서 돌아오시길 기다리고 있습니다.

1) 謝安(사안): 동진(東晋)의 명사(名士), 호가 동산(東山)이다. 舟楫(주즙): 배와 노. 배를 가리킨다. 사안은 일찍이 손작(孫綽) 등과 배를 탔는데 심한 풍랑에도 의연하게 시를 읊으며 태연자약했다고 한다. 여기서는 봉주에 있는 한중왕의 풍모가 사안과 비슷함을 말하고 있다.

2) 梁苑(양원): 한(漢)나라 양효왕(梁孝王)의 궁원. 사방이 300리이며 궁에서 평대(平臺)로 이어진 복도가 30여 리나 되었다고 한다. 이 구는 한중왕이 살던 경사의 옛집에 대해 말한 것이다.

3) 杳杳(묘묘): 아득한 모양. 妓去(기거): '漢妓(한기)'로 된 판본도 있다.

사안은 동산(東山)에 거하면서 놀러 갈 때면 반드시 기녀를 데리고 다녔다고 한다. 이 구는 한중왕이 폄적지에 있으면서도 여전히 풍류를 즐기는 홍취가 있음을 말한 것이다.

4) 泠泠(영령): 맑은 모습. '陰陰(음음)'으로 된 판본도 있다. 修竹(수죽): 긴 대나무. 왕효왕의 궁원에는 대나무가 많아 죽원(竹園)이라 부르기도 했다.

제2수는 한중왕이 멀리 폄적된 것을 가련히 여기며 그가 조정으로 돌아가길 축원하고 있다. 후반 두 구의 희롱하는 듯한 표현이 희작의 뜻을 드러낸다. 『독두심해』에서는 "자신의 마음에 돌아가고 싶은 뜻이 있음을 말하지는 않았다. 다만 한중왕에 대하여 그의 돌아가고 싶은 뜻을 써낸 것인데, 자신의 마음이 또한 드러나 있다(不言己心思歸. 就王寫出歸思, 而己意亦顯.)"라고 설명하고 있다.

黃 河 二 首(其 一)

黃 河 北 岸 海 西 軍,[1]
椎 鼓 鳴 鐘 天 下 聞.[2]
鐵 馬 長 鳴 不 知 數,[3]
胡 人 高 鼻 動 成 群.[4]

황하 두 수, 1

황하 북쪽 언덕 청해 서쪽 군사들이
북 치고 종을 울려 천하에 그 소리 들렸지.
길게 우는 철마는 그 수를 헤아릴 수 없고
코 높은 오랑캐들이 걸핏하면 무리를 이루네.

1) 海西軍(해서군): 청해(靑海) 서쪽의 군사행정구역. 당나라가 한창 흥성할 때 설치한 관군이라 한다. 토번(吐蕃)의 군사로 보는 설도 있다.

2) 椎鼓鳴鐘(추고명종): 북을 치고 종을 울리다. 사치스럽게 먹고 연회를 벌이는 것을 말한다.

3) 鐵馬(철마): 철갑을 두른 말. 토번의 기병으로 보인다. 관군으로 보기도 한다. 不知數(부지수): 수를 알지 못하다. 무수히 많다.

4) 胡人(호인): 오랑캐. 토번을 가리킨다. 高鼻(고비): 높은 코. 토번인의 특징을 들어 말한 것이다. 動(동): 툭하면.

이 시는 광덕 2년(764년) 성도 초당에 머물 때 지은 시로 보인다. 토번이 광덕 원년 10월에 장안을 침략했고, 12월에는 송주(松州), 유주(維州), 보주(保州)를 함락했다. 두 시 모두 '황하(黃河)'로 시작하고 있는 이 연작시는 이에 대한 우려와 감개를 적은 것이다. 제1수는 당시 지키는 병사가 매우 많았는데도 토번의 횡행을 막지 못한 것을 탄식한 것이다.

黃 河 二 首(其 二)

黃 河 南 岸 是 吾 蜀,[1]
欲 須 供 給 家 無 粟.[2]
願 驅 衆 庶 戴 君 王,[3]
混 一 車 書 棄 金 玉.[4]

황하 두 수, 2

황하 남쪽 언덕이 바로 우리 촉 땅인데
군량을 공급하고자 하나 민가에 곡식이 없네.
바라건대 뭇 백성들을 따라 임금을 받들며
수레와 글을 하나로 하고 금과 옥은 버리기를.

1) 南岸(남안): 남쪽 언덕. '南'이 '北(북)' 또는 '西(서)'로 된 판본도 있다. 吾蜀(오촉): 우리 촉 땅.

2) 須(수): 구하다. 供給(공급): 군량을 공급하다. 粟(속): 곡식.

3) 驅衆庶(구중서): 뭇 백성들처럼 몰다. 백성들을 따르다. 戴(대): 이다. 받들다.

4) 混一車書(혼일거서): 수레 폭과 문자를 통일하다. 천하 통일을 의미한다. 棄金玉(기금옥): 황금과 옥을 버리다. 사치를 멀리한다는 뜻이다.

제2수에서는 촉 사람들이 군량을 대느라 궁핍한 상황에 몰린 것을 탄식하고 있다. 그래서 태평한 시대가 돌아와 백성들의 고통을 풀어줄 수 있기를 바라고 있다. 백성들의 고충을 걱정하면서 임금에 대한 충후지심을 잃지 않고 있다.

絶 句 四 首(其 一)

堂 西 長 筍 別 開 門,[1]
塹 北 行 椒 卻 背 村.[2]
梅 熟 許 同 朱 老 喫,[3]
松 高 擬 對 阮 生 論.[4]

절구 네 수, 1

초당 서쪽에 죽순을 키우느라 따로 문을 내었고
구덩이 북쪽에 산초나무를 열 짓느라 도리어 마을을 등졌네.
매실이 익으면 주 씨 노인과 함께 먹기로 약속하였고
소나무가 크면 완생을 대하고 이야기 나눌 생각이네.

1) 堂(당): 초당. 성도의 초당을 가리킨다. 長筍(장순): 죽순을 키우다.

2) 塹(참): 구덩이. 行椒(항초): 산초나무를 열 짓다. 背(배): 등지다. 떨어져 살다.

3) 許(허): 허락하다. 약속하다. 朱老(주로): 주 씨 노인. 남쪽 이웃인 주산인(朱山人)을 가리키는 것으로 보기도 한다. 喫(끽): 먹다.

4) 擬(의): ~하려고 하다. 阮生(완생): 두보의 친구인 완 씨. 두보의 「완은거에게 주다(貽阮隱居)」 시에 등장하는 완은거를 가리킨다고 보기도 한다. 그는 당시 진주(秦州)에 살았기에 앞으로의 계획을 말하고 있다.

이 연작시는 광덕 2년(764년) 여름 성도 초당에서 지은 것이다. 초당의 여름 경치와 은거의 정취를 담아냈다. 제1수는 초당의 초여름 경치를 노래했다. 죽순을 밟을까 조심하느라 따로따로 문을 내고, 산초나무를 키우며 마을과 떨어져 사는 모습이다. 후반부에서는 이웃이나 친구와 함께 하고픈 기대를 피력하고 있다.

絶句四首(其二)

欲作魚梁雲覆湍,[1]
因驚四月雨聲寒.
靑溪先有蛟龍窟,[2]
竹石如山不敢安.[3]

절구 네 수, 2

구름이 뒤덮은 여울에 어량을 만들려다
사월의 빗소리 차가움에 놀랐네.
푸른 시내에 전부터 교룡의 굴이 있었는가 싶어
대나무와 돌이 산처럼 많아도 어쩐지 마음이 편치 않네.

1) 魚梁(어량): 물고기를 잡는 장치. 한 군데로만 물이 흐르도록 물길을 막고 거기에 통발이나 살을 놓고 물고기를 잡는다. 覆(부): 덮다. 湍(단): 여울. 급류.

2) 蛟龍窟(교룡굴): 교룡의 굴. 교룡이 구름을 모으고 비를 내리게 한다고 생각한 것이다.

3) 竹石如山(죽석여산): 대나무와 돌이 산과 같다. 대나무를 쪼개고 돌을 빠뜨려 물길을 막아 어량을 만든 것이다.

제2수는 어량을 만들며 읊은 것이다. 시내에 구름이 뒤덮이고 비가 차가운 것에서 교룡을 연상한 착상이 흥미롭다. 두려운 마음의 표현이라기보다는 얼른 비가 그치고 구름이 걷혀 편안하게 고기를 잡을 수 있기를 바라는 마음의 표현이다.

絶句四首(其三)

兩個黃鸝鳴翠柳,[1]
一行白鷺上青天.
窗含西嶺千秋雪,[2]
門泊東吳萬里船.[3]

절구 네 수, 3

두 마리 꾀꼬리 비취빛 버드나무에서 울고
한 줄 백로 떼가 푸른 하늘로 올라가네.
창은 서쪽 산봉우리의 천년설을 머금었고
문에는 동오 만 리로 갈 배가 정박해 있네.

1) 黃鸝(황리): 꾀꼬리. 翠柳(취류): 비취빛 버드나무.

2) 西嶺(서령): 성도 서쪽의 설산을 가리킨다. 千秋雪(천추설): 천 년 동안 녹지 않는 눈.

3) 東吳(동오): 장강 하류 지역으로 옛 오나라 땅. 萬里船(만리선): 성도에서 동오까지 만 리 뱃길을 갈 배.

제3수에 대해 구조오는 "시내 앞의 여러 경치를 노래하고 있다. 이것들은 모두 그 자리에서 본 것을 가리키며, 근경과 원경을 아울러 제시했다(三章, 詠溪前諸景. 此皆指現前所見, 而近遠兼擧.)"라고 설명하고 있다. 이에 대해 포기룡은 『독두심해』에서 "'꾀꼬리'는 머물고 '백로'는 나니, 어째서 움츠리고 활달함이 가지런하지 않은가? 지금 '서령'에는 변고가 많지만 '동오'는 노닐 만하니 멀리 떠나갈 만도 하다는 것이리라. 대체로 촉을 떠나는 것은 곧 두보의 평소 뜻이었고, 촉을 안정시키는 것은 엄무 본연의 직무였다. 촉이 안정되면 자신도 안정되기에 작자에게 깊은 바람이 있었던 것이다. 위 두 구는 흥(興)이고 아래 두 구는 부(賦)이니 뜻이 본래 일관된다. 주석가들이 네 개의 경치로 풀이하는 것은 천박하다('鸝'止'鷺'飛, 何滯與曠之不齊也? 今'西嶺'多故, 而'東吳'可遊, 其亦可遠擧乎? 蓋去蜀乃公素志, 而安蜀則嚴公本職也. 蜀安則身安, 作者有深望焉. 上興下賦, 意本一串. 注家以四景釋之, 淺矣.)" 라고 자세히 분석하며 반론을 펼치고 있다. 두보의 절구 중에 함축미가 있는 가작(佳作)에 속한다.

絶 句 四 首(其 四)

藥 條 藥 甲 潤 靑 靑,[1]
色 過 椶 亭 入 草 亭.[2]
苗 滿 空 山 慚 取 譽,[3]
根 居 隙 地 怯 成 形.[4]

절구 네 수, 4

약초 가지와 약초 잎이 윤기가 나 파릇파릇
그 빛이 종려나무 정자를 지나 풀잎 정자로 들어오네.
싹이 빈산에 가득하니 명성을 얻는 일 부끄럽고
뿌리를 후미진 땅에 내렸으니 모양이나 나올까 겁나네.

1) 藥甲(약갑): 새로 나온 약초의 잎. '藥'은 '菜(채)'로 된 판본도 있다.

2) 椶(종): 종려나무.

3) 苗(묘): 약초의 싹. 빈산에 자라는 약초로 두보 자신을 비유하고 있다.

4) 隙地(극지): 공지(空地). 빈터. 成形(성형): 모양을 이루다. 제대로 자라다.

제4수는 약초밭을 만들고 읊은 것이다. 두보는 늘 병이 많아 가는 곳마다 약초를 심었다. 여기서 약초를 심은 곳이 두 정자 사이여서 푸른빛이 겹쳐 비치는 것이다. 후반부에 빈산이나 자투리땅에 자라서 알

려지지도 않고, 제대로 자라지도 못하는 약초에 은근히 두보 자신의 신세를 기탁하고 있다.

奉和嚴鄭公軍城早秋[1]

秋風嫋嫋動高旌,[2]
玉帳分弓射虜營.[3]
已收滴博雲間戍,[4]
欲奪蓬婆雪外城.[5]

정국공 엄무의 「군성의 초가을」 시에 받들어 화답하다

가을바람이 선들선들 높은 깃발을 움직이자
옥장에선 활을 나누어 오랑캐 진영을 쏘셨네.
구름 사이의 적박령 수자리를 이미 거두고
눈 너머에 있는 봉파성도 빼앗고자 하시네.

1) 嚴鄭公(엄정공): 정국공(鄭國公) 엄무(嚴武). 軍城早秋(군성조추): 「군성의 초가을」. 엄무가 쓴 시로 이 시에서 엄무는 "어젯밤 가을바람이 한나라 관에 불어와, 북방 구름과 변새의 눈이 서산에 가득하네. 다시 비장군에게 교만한 오랑캐 추격을 재촉하나니, 전장에서 한 필의 말도 돌아가게 하지 말라(昨夜秋風入漢關, 朔雲邊雪滿西山. 更催飛將追驕虜, 莫遣沙場匹馬還.)"고 하며, 침입해온 토번의 군사를 추격해 한 사람도 남기지 않고 몰살시키겠다는 결연한 의지를 표명했다. '군성'은 당나라 때 군대를 두어 지키던 성을 말한다.

2) 嫋嫋(요뇨): 바람이 가볍게 부는 모양. 高旌(고정): 높이 솟은 깃발.

3) 玉帳(옥장): 대장군이 거처하는 장막. 여기서는 엄무의 장막을 가리킨다. 分弓(분궁): 활을 나누다. 군대를 나누는 것을 말한다. 射(석): 활을 쏘아 맞히다. 虜營(노영): 오랑캐의 진영. 여기서는 토번을 가리킨다.

4) 滴博(적박): 적박령(的博嶺). 유주(維州)에 있다. 雲間戍(운간수): 구름 사이에 있는 수자리. 그곳이 높음을 말한다.

5) 欲奪(욕탈): '次取(차취)'로 된 판본도 있다. 蓬婆(봉파): 산 이름. 즉 대설산(大雪山)이다. 이 산의 눈 너머에 있는 성은 토번의 성을 가리킨다.

이 시는 광덕 2년(764년) 7월 엄무의 시 「군성의 초가을(軍城早秋)」에 화답하여 지은 것이다. 엄무는 그해 9월에 당구성에서 토번을 격파하고, 10월에는 토번의 염천성을 함락했다. 당시 두보는 엄무의 막부에 있었다. 시에서 엄무의 용병술과 전공을 칭찬하고 있는데 『독두심해』에서는 "이는 '토번을 격파하는 노래'이다. 이 시는 엄무의 시보다 한층 더 나아갔다(此破蕃曲也. 詩比嚴詩更透一層.)"라고 평하고 있다.

三 絶 句(其 一)

前 年 渝 州 殺 刺 史,[1)]
今 年 開 州 殺 刺 史.[2)]
群 盜 相 隨 劇 虎 狼,[3)]
食 人 更 肯 留 妻 子.

절구 세 수, 1

작년에 유주에서 자사를 죽이더니
올해는 개주에서 자사를 죽였네.
도적 떼들이 서로 어울려 호랑이와 승냥이보다 지독하니
사람도 잡아먹으면서 처자식을 또 남겨두려 하였겠는가?

1) 渝州(유주): 지금의 중경시(重慶市) 중심부. 刺史(자사): 각 주(州)의 장관.

2) 開州(개주): 지금의 사천성(四川省) 개현(開縣).

3) 劇(극): 심하다. 虎狼(호랑): 호랑이와 승냥이. 여기서는 도적들을 비유한다.

이 연작시는 당시 혼란한 시대상을 극명하게 읊고 있는 작품이다. 저작 시기에 대해서 몇 가지 설이 있으나 영태(永泰) 원년(765년)에 지은 것으로 보인다. 제1수에서는 도적들의 횡포로 도처에서 자사가 죽고 백성들이 도탄에 빠진 것을 개탄하고 있다. 호랑이와 같은 짐승들은 배를 채우면 불필요한 살생은 하지 않는다. 하지만 이 도적들은 실제로 인육을 먹을 뿐만 아니라 연약한 처자식도 죽이며 불필요한 살생과 약탈을 그치지 않으니 호랑이나 승냥이보다 심했으면 심했지 덜하지 않다는 것이다.

三 絶 句(其 二)

二 十 一 家 同 入 蜀,[1]
惟 殘 一 人 出 駱 谷.[2]
自 說 二 女 齧 臂 時,[3]
廻 頭 却 向 秦 雲 哭.[4]

절구 세 수, 2

스물한 집이 함께 촉으로 들어갔는데
오직 한 사람만 살아남아 낙곡을 나섰네.
스스로 두 딸이 팔을 깨물었다고 말할 때에
고개 돌려 도리어 진 땅의 구름 보며 통곡하네.

1) 二十一家(이십일가): 대종(代宗)이 오랑캐의 침입으로 몽진할 때 촉으로 들어간 사람들로 보인다.

2) 殘(잔): 남다. 駱谷(낙곡): 지금의 섬서성(陝西省) 주지현(周至縣) 서남쪽에 있으며 촉으로 넘어가는 골짜기 이름.

3) 齧臂(설비): 팔을 깨물다. 작별할 때의 비통함을 참느라 하는 행동이다.

4) 秦雲(진운): 진 땅의 구름. 난민의 고향을 가리킨다.

제2수에서는 이민족의 침략으로 인해 촉 땅으로 피난한 난민의 처참한 상황을 읊고 있다. 같이 도망갈 수 없기에 팔을 깨물고 슬픔을 참으며 이별한 두 딸을 사지에 남겨두고 온 아버지가 그 말을 하며 고개 돌려 고향을 바라보고 통곡하는 모습은 애처롭기 그지없다. 구사일생으로 살아남은 이 사람을 통해 비참하게 죽은 무수한 사람들의 애절한 사연을 도리어 극명하게 묘사하고 있다.

三絶句(其三)

殿前兵馬雖驍雄,[1]
縱暴略與羌渾同.[2]
聞道殺人漢水上,
婦女多在官軍中.[3]

절구 세 수, 3

전각 앞의 병마가 비록 용감하다 해도
멋대로 횡포를 부리니 강족이나 토욕혼과 진배없네.
듣자 하니 한수 가에서 사람을 죽이고
부녀자들을 대부분 관군 속에 두었다고 하네.

1) 驍雄(효웅): 날래고 용감하다.

2) 縱暴(종포): 멋대로 날뛰다. 당시 환관 어조은(魚朝恩)이 거느리는 금군(禁軍)의 횡포를 가리킨다. 羌渾(강혼): 당항(黨項)의 일파인 강족(羌族)과 토욕혼(吐谷渾).

3) 婦女(부녀) 구: 민간의 부녀자를 잡아다가 관기(官妓)로 충당한 것을 말한다.

제3수에서는 백성들을 위무해야 할 관군들의 횡포가 오히려 이민족보다 심한 현실을 개탄하고 있다. 『독두심해』에서는 "주의할 점은 특히 이 셋째 수에 있으니, 환관이 금군을 관장하는 것을 풍자하고 있다. 금군의 폐해가 산적이나 강족, 토욕혼과 맞먹기에 거울로 삼을 만하다(注意尤在此章, 刺中人典禁軍也. 禁軍之害, 等於山賊羌渾, 可以鑑矣.)"라고 평하고 있다. 이처럼 이 세 수는 절구의 형태로 당시의 처참하고 어지러운 시대상을 잘 표현하고 있어 주목할 만하다.

存 歿 口 號 二 首(其 一)[1]

席 謙 不 見 近 彈 棋,[2]
畢 耀 仍 傳 舊 小 詩.[3]
玉 局 他 年 無 限 笑,[4]
白 楊 今 日 幾 人 悲.[5]

산 자와 죽은 자에 대한 즉흥시 두 수, 1

석겸은 근래에 탄기놀이하는 것이 보이지 않고
필요는 옛날의 짧은 시만 전하네.
바둑판에서 예전에 무한히 웃었지
백양나무 묘지에 지금 몇 사람이나 슬퍼하는가?

1) 口號(구호): 입에서 나오는 대로 읊다. 즉흥시에 가깝다.

2) 席謙(석겸): 오(吳) 땅 사람으로 당시 도사였으며 탄기(彈棋)를 잘했다. 彈棋(탄기): 바둑 놀이의 일종.

3) 畢耀(필요): 짧은 시를 잘 지었으며, 건원(乾元) 연간에 감찰어사(監察御使)에 제수되었다. 가혹하다는 이유로 검중(黔中)에 유배당했다가 죽었다.

4) 玉局(옥국): 바둑판의 미칭(美稱). 笑(소): '事(사)'로 된 판본도 있다.

5) 白楊(백양): 백양나무. 무덤 근처에 심는 나무이다. 여기서는 필요의 무덤을 가리킨다.

이 연작시는 대력(大曆) 원년(766년) 기주(夔州)에서 지은 것이다. 시가 두 사람을 짝지어 읊고 있는데 한 사람은 살아 있고 한 사람은 죽었기에 제목에서 '존몰(存歿)'이라 한 것이다. 포기룡은 두보 자신만 살아 있고 네 사람은 다 죽었기에 '존몰'이라고 보고 있기도 하다. 제1수에서 석겸은 살아 있고, 필요는 죽은 것으로 보인다. 첫째 구와 셋째 구, 둘째 구와 넷째 구가 시상이 이어진다. 탄기를 잘하는 석겸은 지금 다른 곳에 있기에 볼 수 없어 예전의 즐거웠던 일로 회상되고 있다. 시를 잘 지었던 필요는 죽었기에 새로운 시를 볼 수 없고 옛날의 시만 전하며 그의 무덤은 찾는 이가 없어 백양나무만 쓸쓸하다.

存歿口號二首(其二)

鄭公粉繪隨長夜,[1]
曹霸丹青已白頭.[2]
天下何曾有山水,[3]
人間不解重驊騮.[4]

산 자와 죽은 자에 대한 즉흥시 두 수, 2

정건의 그림은 긴 밤을 따라가고
조패의 그림은 이미 흰머리가 되었네.
천하에 어찌 기묘한 산수가 있을 것이며
세상 사람들은 천리마를 중시할 줄 모르네.

1) 鄭公(정공): 정건(鄭虔). 두보의 친한 친구로 산수화(山水畫)에 능했으며 태주(台州)에 폄적되었다가 광덕 2년(764년)에 죽었다. 粉繪(분회): 채색(彩色)하는 그림. 長夜(장야): 죽음을 비유한다.

2) 曹霸(조패): 두보가 활동하던 시대의 유명한 화가. 말을 잘 그렸으며 벼슬이 좌무위장군(左武衛將軍)에 이르렀으나 천보(天寶) 말년에 쫓겨났고 이후 파촉 지역을 유랑하며 어렵게 살았다. 丹青(단청): 그림 그리는 일.

3) 天下(천하) 구: 정건이 죽고 나니 천하의 산수는 그 운치를 제대로 그려낼 사람이 없어 그 빛을 잃어버렸다는 말이다.

4) 驊騮(화류): 천리마. 이 구절은 세상 사람들이 조패가 그린 천리마 그림의 가치를 제대로 알지 못한다는 말이다. 나아가 그런 천리마 같은 인재를 알아보지 못한다는 뜻도 담겨 있다.

제2수에서는 죽은 정건과 살아 있는 조패를 읊고 있다. 정건은 산수화에 능했는데 그가 죽고 나니 천하에 기묘한 산수가 없다고 말하고 있다. 비록 빼어난 산수가 있더라도 이를 제대로 그려낼 사람이 없으면 없는 것이나 마찬가지라는 말인데, 극찬 속에 짙은 슬픔이 배어 있다. 조패의 천리마 그림도 그를 따라 노성해졌건만 세상에는 알아주는 이가 없으니 가련하기는 마찬가지이다. 천리마를 알아볼 줄 알았던 백락(伯樂)이 없으니 천리마는 있어도 없는 것이나 마찬가지다. 지금까지 본 네 명의 인물은 모두 한 가지 기예에 정통한 사람들인데 앞 시와 연관지어보면 '존-몰-몰-존'으로 구성되어 있음을 알 수 있다.

夔州歌十絶句(其一)[1]

中巴之東巴東山,[2]
江水開闢流其間.[3]
白帝高爲三峽鎭,[4]
瞿唐險過百牢關.[5]

기주의 노래, 1

중파의 동쪽 파동의 산을
장강 물이 열어 그 사이를 흘렀네.
백제성은 높이 솟아 삼협의 진이 되고
구당협의 험난함은 백뢰관보다 더하네.

1) 夔州(기주): 지금의 중경시(重慶市) 봉절현(奉節縣). 백제성(白帝城)이 여기에 있다.

2) 中巴(중파): 옛날에 파(巴) 땅을 서파(西巴), 중파(中巴), 동파(東巴)로 나누었다. 巴東(파동): 기주는 동파에 해당하며 파동군(巴東郡)에 속한다.

3) 開闢(개벽): 개벽하다. 산 사이를 열다.

4) 白帝(백제): 백제성. 서한 말 공손술(公孫述)이 촉 땅을 점거해 이 산에 성을 쌓고 자신을 백제로 칭하고 성을 백제성으로 불렀다. 三峽鎭(삼협진): 삼협의 산진(山鎭). 삼협은 구당협(瞿唐峽), 무협(巫峽), 서릉협(西陵峽)을 가리

키며, 산진은 한 지방의 진(鎭)이 될 만한 크고 중요한 산을 뜻한다.

5) 瞿唐(구당): 구당협. '夔州(기주)'로 된 판본도 있다. 百牢關(백뢰관): 옛 관문 이름으로, 원명은 백마관(白馬關)이다. 지금의 섬서성 면현(勉縣) 서남쪽에 있다.

이 연작시는 두보가 대력 원년 여름 기주에 도착해 잠시 서각(西閣)에 머물 때 지은 것이다. 기주의 풍광과 역사 인물, 풍토 등을 두루 노래하고 있으며, 죽지사(竹枝詞) 형식의 열 수로 민가적 색채를 띠고 있다. 제1수에서는 기주의 산수(山水)와 명승지를 읊으면서 전체 시를 이끌고 있다. 후반부의 백제와 구당도 산과 물을 나누어 이어받으면서 촉 지역이 험난한 곳임을 드러내고 있다.

夔 州 歌 十 絶 句(其 二)

白 帝 夔 州 各 異 城,[1]
蜀 江 楚 峽 混 殊 名.[2]
英 雄 割 據 非 天 意,[3]
霸 王 幷 呑 在 物 情.[4]

기주의 노래, 2

백제성과 기주성은 각기 다른 성이고
촉강과 초협의 서릉협은 혼동되지만 다른 이름이네.
영웅이 할거했던 것은 하늘의 뜻이 아니고
패왕이 병탄한 것은 민심을 따라서라네.

1) 白帝(백제) 구: 옛날의 백제성은 기주성 동쪽의 별도의 다른 성이었다.

2) 蜀江(촉강) 구: 촉강의 구당협은 옛 이름이 서릉협(西陵峽)인데, 초협(楚峽), 즉 형주(荊州)의 서릉협과 서로 혼동된다.

3) 英雄割據(영웅할거): 공손술이나 유언(劉焉) 같은 이를 가리킨다.

4) 霸王幷呑(패왕병탄): 후한 광무제가 공손술을 멸하고 파촉 땅을 병합한 일이나, 한고조 유방이 파촉을 기반으로 천하를 차지한 것을 가리킨다. 物情(물정): 물리(物理) 인정(人情). 민심(民心)을 뜻한다.

제2수는 앞 시의 '백제' '삼협'을 이어받아 시상을 펴고 있다. 전반 두 구는 옛 유적을 언급하고, 후반 두 구는 옛일을 논하고 있다. 결국 백성들의 마음을 얻어야만 진정한 왕자(王者)가 될 수 있지, 촉 땅의 험함에 의지한 자는 패망했노라고 말하면서 촉 땅에 할거하려는 이들에게 경고를 보내고 있다.

夔州歌十絶句(其三)

群雄競起聞前朝,[1]
王者無外見今朝.[2]
比訝漁陽結怨恨,[3]
元聽舜日舊簫韶.[4]

기주의 노래, 3

전대엔 군웅들이 다투어 일어났다고 들었는데
지금은 왕자는 내외의 구별이 없음을 보여주네.
근래에 어양 사람들이 원한을 품은 것에 놀라며
원래 순임금 때의 옛「소소(簫韶)」음악을 듣고 있네.

1) 群雄(군웅): 이전에 촉 땅에 할거한 이들을 가리킨다. 수(隋)나라 말기에 각지에서 일어난 군웅들을 가리키는 것으로 보기도 한다. 聞(문): '問(문)'으로 된 판본도 있다.

2) 王者無外(왕자무외): 천하의 왕자는 내외의 구별이 없다. 즉 제왕이 천하를 한 집으로 삼는다는 것을 가리킨다.

3) 比(비): 근래에. 訝(아): 놀라다. 漁陽(어양): 지금의 하북성 일대. 안녹산이 반란을 일으킨 본거지이다.

4) 簫韶(소소): 순임금이 지은 악곡. 당 현종이 촉 땅에 들어온 것을 가리킨다.

제3수는 앞 시의 '영웅' '패왕' 구에 이어 시상을 전개하고 있다. 『두시상주』에서는 "할거했으니 다투어 일어났고, 병탄했으니 내외가 없다. 이것은 고금의 형세가 다름을 보여준다. 어양 사람들이 북쪽에서 반란을 일으켰고, 순임금의 음악이 남쪽으로 왔다는 것은 촉 땅에는 아무런 탈이 없음을 말한다(割據則競起, 幷呑則無外, 此見古今異勢. 漁陽北叛, 而舜樂南來, 言蜀中無恙也.)"라고 설명하고 있다.

夔 州 歌 十 絶 句(其 四)

赤 甲 白 鹽 俱 刺 天,[1]
閭 閻 繚 繞 接 山 巓.[2]
楓 林 橘 樹 丹 青 合,[3]
複 道 重 樓 錦 繡 懸.[4]

기주의 노래, 4

적갑산과 백염산은 모두 하늘을 찌를 듯한데
여염집은 산을 두르며 꼭대기까지 이어졌네.
단풍나무와 귤나무는 울긋불긋 모여 있고
복도와 높은 누각은 비단을 매달아놓은 것 같네.

1) 赤甲(적갑): 적갑산. 기주성 동북쪽에 있으며 흙과 바위가 붉어서 사람이 웃통을 벗은 것 같다. 白鹽(백염): 백염산. 기주성 동쪽에 있으며 높고 험준한 바위 색깔이 흰 소금 같다. 刺(척): 찌르다. 적갑산과 백염산이 기주의 동쪽에서 장강을 끼고 서로 대치하며 하늘 높이 솟아 있음을 묘사하고 있다.

2) 閭閻(여염): 백성들의 집. 繚繞(요요): 휘감고 두르다. 山巓(산전): 산꼭대기. 백성들이 산 위에 많이 사는 모습을 묘사하고 있다.

3) 楓林(풍림) 구: 색깔이 다른 단풍나무와 귤나무가 함께 자라는 모습이다.

4) 複道(복도): 누각 사이의 공중에 설치한 통로. 重樓(중루): 여러 층의 누

각. 높은 누각. 懸(현): 매달다.

제4수에서는 적갑산과 백염산의 풍경과 백성들의 사는 모습을 그림처럼 묘사하고 있다. 특이한 광경에 색채미가 두드러지기에 『독두심해』에서는 "시가 그림 같다. 푸른색과 붉은색이 겹쳐져 있고, 누각이나 정자가 여기저기 흩어져 있으니 산의 모습이 험준해도 싫지 않다(詩可作畫. 靑紅層疊, 樓榭參差, 不嫌山體之孤峻矣.)"라고 평하고 있다.

夔 州 歌 十 絶 句(其 五)

瀼 東 瀼 西 一 萬 家,[1]
江 南 江 北 春 冬 花.[2]
背 飛 鶴 子 遺 瓊 蕊,[3]
相 趁 鳧 雛 入 蔣 牙.[4]

기주의 노래, 5

양동과 양서는 일만 가옥이요
강남과 강북에 봄 겨울에 꽃이 피네.
등지고 나는 학 새끼는 흰 꽃술을 버리고
서로 좇는 오리 새끼는 줄 싹으로 들어가네.

1) 瀼東瀼西(양동양서): 기주 사람들은 산 계곡 물이 흘러 장강으로 이어지는 것을 '양(瀼)'이라고 하는데, 백성들이 그 좌우로 나누어 살고 있기에 '양동(瀼東)' '양서(瀼西)'라고 한다.

2) 江南江北(강남강북): 장강이 횡으로 흐르고 있기에 그 땅이 남북으로 나뉜다. '강북강남(江北江南)'으로 된 판본도 있다. 春冬花(춘동화): 이곳의 날씨가 따뜻함을 말한다.

3) 瓊蕊(경예): 옥 같은 꽃술. 흰색의 꽃을 아름답게 칭한 것이다.

4) 趁(진): 좇다. 뒤따라 붙다. 鳧雛(부추): 오리 새끼. 蔣牙(장아): 줄의 싹.

제5수는 양동과 양서의 물가 마을(水村) 풍경을 묘사하고 있다. 이는 앞 시가 산가(山家)의 묘사인 것과 대비된다. 경물들이 일견 아름다운 듯하면서 왠지 이질감을 자아내는 면도 있다.

夔州歌十絶句(其六)

東屯稻畦一百頃,[1]
北有澗水通青苗.[2]
晴浴狎鷗分處處,[3]
雨隨神女下朝朝.[4]

기주의 노래, 6

동둔의 벼논은 백 이랑이고
북으로 시냇물이 있어 푸른 싹에 통하네.
맑은 날 목욕하는 갈매기가 곳곳에 흩어져 있고
비를 따르는 신녀는 아침마다 내려오네.

1) 東屯(동둔): 백제성에서 동북으로 10여 리 떨어진 곳으로 옛날에 공손술이 주둔했던 곳이라고 한다. 稻畦(도휴): 벼를 심은 전답. 동둔의 논은 백 이랑이고, 여기서 나는 쌀은 촉에서 제일이라고 한다.

2) 澗水(간수): 백제성 북쪽의 동양수(東瀼水)를 가리킨다. 青苗(청묘): 벼의 푸른 싹.

3) 狎鷗(압구): 친한 갈매기. 『열자』에 사심이 없을 때 갈매기가 친히 했다는 이야기를 암용(暗用)하고 있다.

4) 神女(신녀): 송옥(宋玉)의 「고당부(高唐賦)」에 나오는 무산(巫山) 신녀로

초 왕의 꿈에 나타나 "아침에는 구름이 되고, 저녁에는 지나가는 비가 되어, 아침저녁으로 양대의 아래에 있다(旦爲朝雲, 暮爲行雨, 朝朝暮暮, 陽臺之下.)"라고 했다.

제6수는 동둔의 물산과 아름다운 경치를 묘사하고 있다. 산이 험한 곳임에도 좋은 쌀이 나는 비옥한 논이 있으며, 농업용수가 풍부하다. 후반부도 이러한 물과 관련된 경물이다. 뒷날 두보는 이곳에서 집을 마련하고 한동안 거하게 되는데, 이 시에서 이미 동둔에 살고 싶은 마음이 보인다.

夔州歌十絶句(其七)

蜀麻吳鹽自古通,[1]
萬斛之舟行若風.[2]
長年三老長歌裏,[3]
白晝攤錢高浪中.[4]

기주의 노래, 7

촉의 삼과 오의 소금이 예로부터 상통하나니
만 곡의 배가 바람처럼 지나다니네.
장년과 삼로들은 길게 노래하며
대낮에 높은 파도 속에서 도박판을 벌이네.

1) 蜀麻(촉마): 촉 땅에서 나는 삼. 吳鹽(오염): 오 땅에서 나는 소금. 通(통): 삼협(三峽)을 통해 유통되다.

2) 萬斛之舟(만곡지주): 만 곡 용량의 큰 배. '斛'은 열 말의 용량.

3) 長年(장년): 상앗대를 미는 사람. 고사(篙師). 三老(삼로): 뱃사공. 선공(船工). '장년삼로'는 삼협 일대의 뱃사공을 범칭하는 말이다.

4) 白晝(백주): 대낮. 攤錢(탄전): 도박의 일종. '白馬灘前(백마탄전)'으로 된 판본도 있다.

제7수는 수운(水運)의 편리함을 기록하고 있다. 기주는 촉과 오를 잇는 뱃길의 요충지이기에 많은 물품을 실은 큰 배가 자주 다닌다. 그래서 뱃사공들의 노랫소리가 끊이지 않고, 돈 많은 장사꾼들이 배 위에서 도박판을 벌이기도 한다.

夔州歌十絶句(其八)

憶昔咸陽都市合,[1]
山水之圖張賣時.[2]
巫峽曾經寶屛見,[3]
楚宮猶對碧峰疑.[4]

기주의 노래, 8

생각하노니, 장안 도성의 시장에 장사꾼들이 모여
산수의 그림을 펼쳐놓고 팔던 때를.
무협은 일찍이 귀한 병풍을 통해 보았건만
초궁은 오히려 푸른 산봉우리를 대하고도 의심하네.

1) 咸陽(함양): 장안(長安)을 뜻한다. 都市合(도시합): 도성의 시장에 장사꾼이 모이다.

2) 張賣(장매): 그림을 펼쳐놓고 팔다.

3) 巫峽(무협): 삼협(三峽)의 하나. 寶屛(보병): 보배로운 병풍.

4) 楚宮(초궁): 초 왕의 궁. 무산현(巫山縣) 서쪽 양대(陽臺) 고성 안에 있다고 한다. 『두시경전』에서는 "초궁은 어렴풋하여 찾기 어려워, 그것이 여전히 그림 속에서 본 것인가 의심하고 있다(楚宮恍惚難尋, 疑其仍是畫中所見也.)"라고 한다.

제8수는 예전의 본 삼협의 그림을 회상하며 초 왕의 궁에 대해 읊고 있다. 『두시상주』에서는 "함양에서 본 것은 그림이고, 기주에서 대한 것은 진경이다. 다만 초궁을 찾기 어려워 끝내 의심스러운 것이 되었으니 곧 진경이 또한 환영과 같다(咸陽所見者畫圖, 夔州所對者眞境. 但楚宮難覓, 終成疑似, 卽眞境亦同幻相矣.)"라고 설명하고 있다. 앞에서는 내내 실경(實景)을 묘사하다가 여기서는 허경(虛境)을 가미해 운치를 더하고 있다.

夔州歌十絶句(其九)

武侯祠堂不可忘,[1]
中有松柏參天長.[2]
干戈滿地客愁破,[3]
雲日如火炎天涼.

기주의 노래, 9

무후의 사당은 잊을 수 없나니
그곳에 송백이 하늘을 찌르며 길게 솟았네.
전쟁이 세상에 가득해도 나그네의 시름이 사라지고
구름과 해가 불과 같아도 더운 날씨가 서늘해지네.

1) 武侯祠堂(무후사당): 제갈량의 사당. 제갈량의 시호가 '충무후(忠武侯)'여서 '무후(武侯)'라고 줄여 부른다. 사당은 기주 부근에 있다.

2) 參天(참천): 하늘에 높이 솟다. 하늘을 찌르다.

3) 干戈(간과): 전쟁.

제9수에서는 특별히 제갈량의 사당을 읊고 있다. 제갈량에 대한 두보의 흠모는 남달랐다. 『독두심해』에서는 "무후의 신령을 생각하니 전쟁의 시름이 없어지고, 송백의 그늘을 받드니 구름과 해의 더위도 서늘해질 수 있다(想武侯之神, 而干戈之愁可破. 承松柏之蔭, 而雲日之炎可涼.)"라고 설명하고 있다.

夔州歌十絶句(其十)

閬風玄圃與蓬壺,[1]
中有高唐天下無.[2]
借問夔州壓何處,
峽門江腹擁城隅.[3]

기주의 노래, 10

서쪽엔 낭풍과 현포요, 동쪽엔 봉래산
중간에 있는 고당관은 천하에 없는 것이네.
묻노니 기주는 어디를 높이 누르는가?
삼협 문과 장강의 배가 성 모퉁이를 안은 곳이라네.

1) 閬風玄圃(낭풍현포): 낭풍전(閬風巓)과 현포당(玄圃堂). 신선의 거처로 서쪽 곤륜산(崑崙山)에 있다고 한다. 蓬壺(봉호): 봉래산(蓬萊山). 삼선산(三仙山)의 하나로 동해에 있다고 한다.

2) 高唐(고당): 고당관(高唐觀). 송옥(宋玉)은 「고당부(高唐賦)」 서(序)에 "옛날에 초 양왕이 송옥과 더불어 운몽대에서 노닐며 고당관을 바라보았는데 그 위에 유독 구름 기운이 있었다(昔者楚襄王, 與宋玉遊於雲夢之臺, 望高唐之觀, 其上獨有雲氣.)"라고 썼다. 초 왕이 꿈에 무산(巫山) 신녀를 만난 곳이다.

3) 峽門(협문): 삼협 문. 구당협(瞿唐峽) 입구를 가리킨다. 江腹(강복): 장강

(長江)의 복부(腹部).

제10수는 고당관을 읊고 있는데, 나아가 기주를 찬양하면서 전체 연작시의 총결 역할을 하고 있다. 『두시상주』에서는 "옛날부터 일컫는 선계는 서쪽으로는 낭풍과 현포가 있고, 동쪽으로는 바다 위의 봉래산이 있는데 신령스러운 고당관은 그 중간에 있으며 이곳은 천하의 절경이다. 지금 기주는 높이 누르고 있으며 삼협과 장강이 밖에서 안고 있으니 고당관의 유적을 멀리서도 볼 수 있을 것이다(古稱仙界, 西有閬風玄圃, 東有海上蓬壺, 而高唐神觀, 地在中間, 此天下絶境也. 今夔州高壓, 而峽江外擁, 庶高唐遺跡, 遙望可見矣.)"라고 설명하고 있다. 『독두심해』에서는 "고당관을 추숭하는 것은 곧 기주를 추숭하는 것이다. 시의 의경이 극히 넓고 멀다. 이렇게 결말을 지어야 제목 「기주의 노래」의 뜻을 살릴 수 있다(推崇高唐, 卽是推崇夔州也. 意境極闊遠. 如此收束, 乃得尊題法.)"라고 평하고 있다.

解悶十二首(其一)

草閣柴扉星散居,[1]
浪翻江黑雨飛初.
山禽引子哺紅果,[2]
溪女得錢留白魚.[3]

근심을 풀다, 1

초가집 사립문이 별처럼 흩어져 있고
물결 출렁이고 강이 어두우니 비가 막 날릴 즈음.
산새는 새끼를 이끌고 붉은 과일을 먹이고
시냇가 여인은 돈을 받고 흰 물고기를 두고 가네.

1) 草閣(초각): 초가집. 강가에 있는 민가를 말한다. 柴扉(시비): 사립문. 星散居(성산거): 별처럼 흩어져 살다.

2) 哺(포): 먹이다.

3) 女(녀): '友(우)'로 된 판본도 있다. 留(류): 두고 가다. 돈에 따라 양을 헤아려 파는 것이 아니라 있는 대로 다 주고 가는 넉넉한 인심을 볼 수 있다.

이 연작시는 대력 원년(766년) 기주에서 지은 것이다. 다른 연작시와 달리 각각의 시들이 독립성이 강한 형태로 기주의 경물, 친구 생각,

시에 대한 논의, 시사에 대한 감개 등을 거리낌 없이 번민을 풀듯이 풀어내고 있다. 『두시경전』에서는 "모든 작품이 다 뜻 가는 대로 쓴 것이라서 시를 지음에 하나의 격률에 구애되지 않았다(諸作俱隨意所及, 爲詩不拘一律.)"라고 평하고 있다. 제1수는 기주의 풍경을 묘사하면서 시를 시작하고 있다. 첫째와 셋째 구는 산과 관련되는 풍경이고, 둘째와 넷째 구는 물과 관련되는 풍경이라서 짜임새가 있다. 자연과 인간이 함께 어울려 사는 운치가 느껴진다.

解悶十二首(其 二)

商 胡 離 別 下 揚 州,[1]
憶 上 西 陵 故 驛 樓.[2]
爲 問 淮 南 米 貴 賤,[3]
老 夫 乘 興 欲 東 遊.[4]

근심을 풀다, 2

서역 상인이 작별을 고하고 양주로 내려가니
서릉의 옛 역참 누대를 오르던 일이 생각나네.
나를 위해 회남의 쌀값이 어떤지 물어봐주게
이 늙은이도 흥을 타고 동쪽으로 노닐고 싶으니.

1) 商胡(상호): 서역 상인. 장사하는 호인(胡人). 離別(이별): 상인이 두보와 이별하다. 상인들끼리 이별하는 것으로 보기도 한다. 揚州(양주): 지금의 강소성(江蘇省)에 있는 도시. 당시에 상업이 발달하고 번화한 곳으로 서역 상인들이 많이 모여 있었다.

2) 西陵(서릉): 지금의 절강성(浙江省) 항주시(杭州市)의 전당강(錢塘江) 맞은편에 있는 서흥(西興). 두보가 젊었을 때 오월(吳越) 지역을 유람하면서 이곳 역참(驛站) 누대에 올라갔었다. '西'는 '蘭(란)'으로 된 판본도 있다.

3) 淮南(회남): 회수(淮水) 남쪽. 양주 일대를 가리킨다. 米貴賤(미귀천): 쌀

값이 비싼지 싼지.

4) 老夫(노부): 두보 자신을 가리킨다. 東遊(동유): 동쪽 오월 지방을 노닌다.

제2수는 문득 기주를 떠나 동쪽으로 가고 싶은 마음을 표현했다. 그런 마음이 든 계기는 양주로 내려가는 상인을 우연히 만나서이기도 하지만, 동쪽 오월 지방은 두보가 젊은 시절 노닐었던 곳이기 때문이기도 하다.

解悶十二首(其三)

一辭故國十經秋,[1]
每見秋瓜憶故丘.[2]
今日南湖采薇蕨,[3]
何人爲覓鄭瓜州.[4]

근심을 풀다, 3

한번 고향을 떠난 후 열 번이나 가을을 지냈지만
매번 가을 외를 볼 때마다 고향이 생각나네.
오늘 남호에서 고사리를 캘 것인데
누가 나를 위해 정과주를 찾아줄까?

1) 故國(고국): 고국. 장안(長安)을 염두에 둔 말이다.

2) 秋瓜(추과): 가을 외. 故丘(고구): 고향 언덕. 즉 고향을 뜻한다. 여기서는 장안 남쪽의 두보의 조적(祖籍)인 두릉(杜陵)을 염두에 둔 것이며, 두보는 일찍이 그 근처에 거주한 적이 있었다. 이 부근에 과주촌(瓜洲村)이 있었는데, 이곳은 두보의 친한 친구 정건(鄭虔)의 거처인 정장(鄭莊)과 가깝다. 정건의 생질인 정심(鄭審)의 거처가 과주촌에 있었던 것 같다. 그래서 가을 외를 보고 과주촌을 연상하며 다시 정심을 생각하게 된 것이다.

3) 南湖(남호): 형주부(荊州府) 강릉(江陵)에 있다. 당시 정심은 귀양 가서 강

릉에 있었는데 이곳에 정자를 지었다. 薇蕨(미궐): 고사리. 이 구는 당시 정심이 어려운 생활을 했음을 말한다.

4) 鄭瓜州(정과주): 과주(瓜州)의 정씨(鄭氏). 원주(原注)에는 "비서소감(祕書少監) 정심을 말한다(鄭祕監審)"라고 되어 있다. '瓜州'는 '瓜洲(과주)'와 같다.

제3수는 남호에서 쓸쓸하게 지내고 있을 정과주(鄭瓜州), 즉 정심을 그리워하며 쓴 것이다. 정심은 비서소감을 지냈으며 두보가 뒷날 일백운(一百韻) 시를 써서 부치기도 하는 것으로 보아 시에 능했던 것 같다. 이 시에서 가을 외[瓜]를 보고 그를 생각한 것이 흥미롭다. 두보는 이 시에서 '故(고)' 자, '秋(추)' 자, '瓜(과)' 자를 고의적으로 두 번씩 쓰면서 다소 유희적으로 시상을 연결하고 있다. 이 시와 뒤의 다섯 수는 모두 여러 시인들에 대한 감회를 다루고 있다.

解悶十二首(其四)

沈范早知何水部,[1]
曹劉不待薛郎中.[2]
獨當省署開文苑,[3]
兼泛滄浪學釣翁.[4]

근심을 풀다, 4

심약과 범운은 일찍 하수부를 알아주었건만
조식과 유정은 설랑중을 기다려주지 않았네.
홀로 상서성에서 문단을 열더니
아울러 창랑수에 배를 띄워 낚시를 하겠지.

1) 沈范(심범): 심약(沈約)과 범운(范雲). 둘 다 남북조 시대 양(梁)나라 시인이며 일찍이 하손(何遜)의 문재(文才)를 알아주었다. 何水部(하수부): 하손(何遜). 남북조 시대 양나라 시인이며 상서수부랑(尙書水部郎)을 역임했기에 '하수부'라 부른다.

2) 曹劉(조류): 조식(曹植)과 유정(劉楨). 둘 다 건안(建安) 시대 뛰어난 문인으로 재능 있는 사람을 추천해주었다. 여기서는 당시에 조식과 유정처럼 영향력이 있는 인물을 가리킨다. 薛郎中(설랑중): 설거(薛據). 두보가 젊은 시절 장안에서 힘들게 생활할 때 사귄 친구이며, 당시 상서성공부수부랑중(尙書省

工部水部郎中)이 되어 형주(荊州)에 파견 나와 있었다. '수부(水部)'라는 같은 벼슬을 지냈기에 하손과 비교한 것이다.

3) 省署(성서): 설거가 속한 상서성(尙書省)을 가리킨다. 開文苑(개문원): 문단(文壇)을 열다. 이 구절은 설거가 문장에 뛰어났지만 알아주는 이가 없음을 말한다.

4) 滄浪(창랑): 창랑수. 한수(漢水)의 지류로 형주에 있다. 學釣翁(학조옹): 낚시하는 늙은이를 배우다. 낚시나 하는 일개 늙은 어부가 되었다는 뜻이다. 진사도(陳師道)는 『후산시화(後山詩話)』에서 "'상서성에서 문단을 열더니, 창랑수에서 낚시하는 늙은이를 배운다'는 곧 설거의 시이다(省署開文苑, 滄浪學釣翁, 卽薛據詩也.)"라고 했다.

제4수는 친구인 설거를 생각하며 지은 것이다. 전반 두 구에서 하손과 설거는 다 같이 수부랑(水部郎)을 역임했고 시에 능했는데, 하손은 당대의 명사들이 알아주었지만 설거는 그렇지 못했음을 말하고 있다. 후반 두 구에서는 설거의 시구를 원용해 그가 형주에서 어부처럼 지내고 있음을 말한다. 벼슬이 수부(水部)이기에 창랑수(滄浪水)에서 낚시를 한다는 말이 다소 해학적이면서 안타까움이 느껴진다.

解悶十二首(其五)

李陵蘇武是吾師,[1]
孟子論文更不疑.[2]
一飯未曾留俗客,[3]
數篇今見古人詩.[4]

근심을 풀다, 5

이릉과 소무는 나의 스승이라며
맹 선생이 글을 논한 것은 다시 의심의 여지가 없네.
한 그릇 밥에도 속객을 머물게 하지 않았으니
그대 몇 편의 작품에서 지금 고인의 시를 보노라.

1) 李陵蘇武(이릉소무): 이릉과 소무. 한(漢) 무제(武帝) 때의 사람으로 오언시(五言詩)의 원조로 꼽힌다.

2) 孟子(맹자): 맹운경(孟雲卿)을 가리킨다. 원주(原注)에 "교서랑 맹운경(校書郎孟雲卿)"이라고 되어 있다. 두보의 친구이다. 論文(논문): 글을 논하다. 첫째 구가 바로 맹운경이 글을 논한 구절이다.

3) 一飯(일반) 구: 한 그릇의 밥도 속인과 같이 먹지 않았다. '밥 한 그릇 먹는 짧은 시간에도 마음속에 속객을 머물게 하지 않았다'로 보기도 한다.

4) 數篇(수편): 맹운경이 지은 몇 편의 시. 古人詩(고인시): 이릉과 소무 같

은 고인의 시.

제5수에서는 맹운경을 그리워하고 있다. 이릉과 소무 같은 옛 시인을 스승으로 삼는 것은 맹운경의 시론(詩論)이면서 동시에 두보 자신의 지론이기도 하다. 속인을 멀리하는 고인의 풍모와 풍격이 물씬 느껴지는 그의 시도 두보의 시와 흡사하다.

解 悶 十 二 首(其 六)

復 憶 襄 陽 孟 浩 然,[1]
淸 詩 句 句 盡 堪 傳.
卽 今 耆 舊 無 新 語,[2]
漫 釣 槎 頭 縮 頸 鯿.[3]

근심을 풀다, 6

다시 양양의 맹호연을 생각하나니
맑은 시는 구절마다 다 전할 만하네.
지금의 노인들은 참신한 시구도 없는데
그저 뗏목 머리에서 목을 움츠린 편어만 낚고 있네.

1) 襄陽(양양): 지금의 호북성(湖北省) 양번시(襄樊市)로 맹호연이 태어난 곳이다. 孟浩然(맹호연): 성당(盛唐) 대의 유명한 시인으로 흔히 왕유(王維)와 병칭되며 자연시파로 분류되기도 한다. 벼슬을 하지 못했으며 개원(開元) 28년(740년)에 고향에서 죽었다.

2) 耆舊(기구): 늙은이. 양양의 원로들을 가리킨다. 습착치(習鑿齒)의 『양양기구전(襄陽耆舊傳)』에서 따온 표현이다.

3) 槎頭縮頸鯿(사두축경편): 뗏목 가의 목을 움츠린 편어. '頸'은 '項(항)'으로 된 판본도 있다. '鯿'은 머리가 납작하고 평평한 물고기이다. 『양양기구

전』에 따르면, 현산(峴山) 아래의 한수(漢水)에는 맛이 좋고 살찐 편어가 잡히는데 양양 사람들이 뗏목(槎)으로 물길을 끊어 잡는다고 한다. 이 구절은 맹호연의 시의 "정박한 새는 양기를 따르는 기러기이고, 숨은 물고기는 목을 움츠린 편어이다(鳥泊隨陽雁, 魚藏縮項鯿.)"와, "시험 삼아 대나무 장대를 드리우고 낚시를 하니, 과연 뗏목 가의 편어를 잡았다(試垂竹竿釣, 果得槎頭鯿.)"는 구절을 염두에 둔 것이다. 즉 맹호연은 참신한 시구를 쓰면서 편어를 낚았지만 지금의 늙은이들은 그렇지 않다는 것이다.

제6수는 맹호연을 그리워한 것이다. 여기서는 유독 이름을 바로 기록하고 있어 앞의 맹운경의 경우와는 차이가 있기도 하다. 전반 두 구는 맹호연의 청아한 시구를 기억한 것이고, 후반 두 구는 그가 죽고 없음을 한탄한 것이다.

解 悶 十 二 首(其 七)

陶 冶 性 靈 存 底 物,[1]
新 詩 改 罷 自 長 吟.[2]
孰 知 二 謝 將 能 事,[3]
頗 學 陰 何 苦 用 心.[4]

근심을 풀다, 7

성령을 도야하는 데 무엇이 있는가?
새로운 시를 고치고 나서 스스로 길게 읊조리네.
두 사 씨가 거의 시 짓는 일에 능했음을 잘 알겠고
음갱과 하손이 심히 고심했음을 배운다네.

1) 存底物(존저물): 무슨 물건이 있는가? 무엇에 의지해야 하는가? '底'는 '何(하)'의 뜻이다.

2) 新詩改罷(신시개파): 새로 지은 시를 퇴고(推敲)하다.

3) 孰知(숙지): 잘 알다. '孰'은 '熟(숙)'의 뜻이며 이렇게 된 판본도 있다. 二謝(이사): 남조 송(宋)의 사영운(謝靈運)과 제(齊)의 사조(謝朓). 둘 다 뛰어난 시인이다. 한편 사영운과 그의 조카인 사혜련(謝惠連)으로 보는 설도 있다. 將能事(장능사): 거의 그 일에 능하다. '將'은 '거의', '事'는 시를 쓰는 일을 뜻한다.

4) 頗學(파학): 자못 배우다. '學'은 '覺(각)'으로 된 판본도 있다. 陰何(음하): 남조 진(陳)의 음갱(陰鏗)과 양(梁)의 하손(何遜). 둘 다 훌륭한 시인이다. 苦用心(고용심): 괴롭게 마음을 쓰다. 심히 고심하다.

제7수에서는 시 창작에 대한 두보 자신의 견해를 밝히고 있다. 시를 통해 성령을 도야하고, 자신이 지은 시를 직접 읊으며 끊임없이 고치는 엄밀한 작시 태도도 엿볼 수 있다. 또한 이전 훌륭한 시인들의 성취를 거의 파악하고 배웠음을 알 수 있다.

解悶十二首(其八)

不見高人王右丞,[1]
藍田丘壑漫寒藤.[2]
最傳秀句寰區滿,[3]
未絶風流相國能.[4]

근심을 풀다, 8

훌륭한 사람인 왕우승이 보이지 않는데
남전의 골짜기에는 차가운 등나무만 어지럽네.
아름다운 시구가 잘 전해져 천하에 가득하고
풍류가 끊이지 않아 재상인 동생도 시를 잘 짓네.

1) 王右丞(왕우승): 왕유(王維). 성당(盛唐) 대의 유명한 시인이며 상서우승(尙書右丞)을 역임했다. 상원 2년(761년)에 죽었기에 그가 보이지 않는다고 한 것이다.

2) 藍田丘壑(남전구학): '藍田'은 지금의 섬서성(陝西省) 남전현이며 왕유는 만년에 이곳 종남산(終南山) 기슭 골짜기에 별장을 마련했다. 漫寒藤(만한등): 차가운 등나무가 어지럽다. '漫'은 '蔓(만)'으로 된 판본도 있다.

3) 寰區(환구): 천하. 온 세상.

4) 相國(상국): 재상에 대한 존칭. 왕유의 동생 왕진(王縉)을 가리키는데 그

는 대종(代宗) 때에 재상이 되었다. 원주(原注)에 "왕우승의 동생은 지금의 재상인 왕진이다(右丞弟, 今相國縉.)"라고 되어 있다. 왕진은 서예에 능했으며 당시 문명(文名)이 왕유와 나란했다.

제8수는 왕유를 그리워한 것이다. 맹호연과 더불어 당대 최고의 자연파 시인으로 평가를 받은 왕유에 대한 두보의 숭배가 지극함을 볼 수 있다. 그의 동생인 왕진의 인품과 행적은 그다지 칭송할 만하지는 않지만 왕유 일가의 시학을 칭송하는 의미에서 함께 평가하고 있다. 제3수에서 여기까지는 모두 시인들과 관련된 작품이다. 편차 상으로 제7수와 제8수의 위치를 바꾸어서, 이 시를 맹호연을 읊은 제6수 다음에 두고, 자신의 시론을 읊은 제7수를 이 시 다음에 두었다면 좀더 적절했을 것도 같다.

解悶十二首(其九)

先帝貴妃今寂寞,[1]
荔枝還復入長安.[2]
炎方每續朱櫻獻,[3]
玉座應悲白露團.[4]

근심을 풀다, 9

선제와 양귀비는 이제 다 적막한데
여지는 여전히 또 장안으로 들어가네.
남방에서 매번 붉은 앵두에 이어서 바치니
옥좌에서 응당 흰 이슬이 맺힌 것을 슬퍼하리라.

1) 先帝(선제): 당(唐) 현종(玄宗)을 가리킨다. 貴妃(귀비): 양귀비(楊貴妃)를 가리킨다. 그녀는 여지(荔枝)를 몹시 좋아해 반드시 싱싱한 상태로 보내기를 바랐기에 밤낮으로 역마를 번갈아 가며 수천 리를 운송했다고 한다. 이 때문에 백성들의 고통이 심했다고 한다. 今寂寞(금적막): 지금은 다 죽고 없다는 뜻이다.

2) 荔枝(여지): 여지. 중국의 광동성이나 사천성 등의 남방에서 나는 열대성 과일로 마치 눈동자처럼 생긴 과육은 수분이 많고 달착지근한 맛이 난다. 이 구절은 대종(代宗)이 조상에게 제사 지낸다는 명분으로 다시 장안에 여지

를 진상하게 한 일을 가리킨다.

3) 炎方(염방): 남방. 朱櫻(주앵): 붉은 앵두. 궁중에서 종묘에 제사지내는 물품이다. 이 구절은 앵두에 이어서 매번 여지를 바친다는 말이다.

4) 玉座(옥좌): 황제의 어좌(御座). 후대의 황제인 대종을 가리킨다. 현종의 혼령으로 보는 설도 있다. 白露團(백로단): 흰 이슬이 많이 맺힌 모양. '團'은 둥근 모양. 현종의 무덤에 이슬이 맺힌 것을 가리키는 말로 죽음을 비유한다.

제9수 뒤의 네 수는 모두 여지와 관련된 일을 읊고 있다. 남방에서 매년 여지를 진상하기에 쓴 것으로 보인다. 여지는 당 현종이 양귀비를 위해 공물로 바치게 한 것이다. 이 시에서는 현종과 양귀비가 다 죽고 없는데도 여전히 여지를 공물로 바치는 것에 대해 탄식하며 은근히 풍자하고 있다.

解悶十二首(其十)

憶過瀘戎摘荔枝,[1]
青楓隱映石逶迤.[2]
京華應見無顏色,[3]
紅顆酸甜只自知.[4]

근심을 풀다, 10

생각하노니 노주와 융주를 지날 때 여지를 땄던 곳은
푸른 단풍나무가 은근히 비치고 돌이 구불구불했었지.
장안에서 분명 빛깔 잃은 모습을 볼 것이니
붉은 알갱이가 새콤달콤한지는 다만 스스로 알리라.

1) 瀘戎(노융): 노주(瀘州)와 융주(戎州). 지금의 사천성(四川省)에 있으며 좋은 여지의 산지로 유명하다. 두보가 이 시를 쓰기 바로 전해(765년)에 성도를 떠나 기주로 오면서 융주를 지난 적이 있다. 摘(적): 따다.

2) 逶迤(위이): 구불구불한 모양.

3) 京華(경화): 경성(京城)의 미칭. 장안을 가리킨다. 無顏色(무안색): 빛깔이 없다. 여지는 '이지(離枝)'라고도 하는데 가지를 떠나면 곧 맛과 향이 변하기 때문이라고 한다. 이 구는 장안까지 먼 거리를 운송하게 되면 여지 본래의 색과 맛이 없어진다는 말이다.

4) 紅顆(홍과): 붉은 알갱이. 여지를 가리킨다. 酸甛(산첨): 맛이 새콤달콤하다. 여지의 좋은 맛을 뜻한다. 이와 달리 '酸'은 안 좋은 맛, '甛'은 좋은 맛으로 나누어 풀이하는 설도 있다. 只自知(지자지): 다만 먹는 사람이 스스로 안다.

제10수에서는 여지를 공물로 멀리 운송하면 산지에서 그 본래의 맛을 상실하게 됨을 말하고 있다. 그래서 장안에서는 여지의 참맛을 아는 사람이 없게 된다. 이처럼 진기하고 빼어난 것은 세상에서 알아주는 사람이 적은 것이다.

解悶十二首(其十一)

翠瓜碧李沉玉甃,[1]
赤梨蒲萄寒露成.
可憐先不異枝蔓,[2]
此物娟娟長遠生.[3]

근심을 풀다, 11

비취빛 외와 푸른 오얏은 우물에 담그고
붉은 배와 포도는 차가운 이슬에 영그네.
이상하게도 원래 가지와 덩굴은 다르지 않건만
이 물건만 곱게 늘 먼 곳에서 자란다네.

1) 玉甃(옥추): 우물에 대한 미칭. '甃'는 우물 벽을 말한다.

2) 可憐(가련): 이상하다. 괴이하다. 枝蔓(지만): 가지와 덩굴. 여지가 원래 여러 과일들과 가지나 덩굴이 다르지 않다는 말이다.

3) 此物(차물): 여지를 가리킨다. 娟娟(연연): 여리고 고운 모양. 長(장): 항상, 늘.

제11수는 보통 과일과 여지를 비교하고 있다. 여지가 그 맛에 큰 차이가 있기보다 먼 곳에서 나기에 특별한 취급을 받고 있음을 말하고 있다. 『두억』에서는 "궁중에서 여지를 먹는 것은 그 맛이 달고 시원해서 더위를 해소하고 갈증을 멈추게 할 수 있기에 수정이나 강설(단약의 일종)에 비유한다. 그러나 외와 오얏을 우물 속에 담그고, 배나 포도를 이슬 아래에서 따면 그 맛이 어찌 여지만 못하겠는가? 다만 여러 과일나무들은 가지나 덩굴이 평범해서 애초부터 특이하게 여겨지지 않지만 유독 여지는 먼 지방에서 자라기에 그 색과 맛을 흠모하여 귀중하게 여기는 데 연유할 따름이다(宮中食荔, 不過爲其味甘寒, 可以消暑止渴, 因比之水晶絳雪, 然瓜李沉之井中, 梨葡採之露下, 亦何減於荔? 只緣諸果枝蔓尋常, 初不以爲異, 獨荔枝生自遠方, 慕其色味而珍重之耳.)"라고 설명하고 있다.

解悶十二首(其十二)

側生野岸及江蒲,[1]
不熟丹宮滿玉壺.[2]
雲壑布衣鮐背死,[3]
勞人害馬翠眉須.[4]

근심을 풀다, 12

여지는 들 언덕과 강가 포구에서 자라고
황궁에서 익지 않는데도 옥그릇에 가득하네.
구름 골짜기의 선비는 복어 등을 하고 죽어가건만
사람을 고생시키고 말을 해치며 미인의 요구에 응했네.

1) 側生(측생): 여지를 가리킨다. 좌사(左思)의 「촉도부(蜀都賦)」에 나오는 "그 가장자리엔 용목이 싱싱하고, 그 곁에는 여지가 자란다(旁挺龍目, 側生荔枝.)"는 표현에서 유래한 것이다. 江蒲(강포): 강가. 강포(江浦)의 뜻이다.

2) 不熟(불숙): 익지 않다. 궁중에서 익지 않는다, 즉 '궁중에 심지 않는다'는 뜻이다. 丹宮(단궁): 제왕의 궁전. 황궁(皇宮). 玉壺(옥호): 옥으로 만든 그릇. 진귀한 그릇.

3) 雲壑布衣(운학포의): 구름 낀 산골짜기의 선비. 등용되지 못하는 재야의 선비를 가리킨다. 鮐背(태배): 복어 등. 노인의 등에 검은 반점이 생겨나 복

어 무늬 같음을 비유한 말이다.

4) 勞人害馬(노인해마): 사람을 수고롭게 하고 말을 해치다. 남방의 여지를 짧은 시일 내에 황궁에 운송하느라 많은 사람과 말이 고생하고 죽었다고 한다. '人'은 '生(생)'으로 된 판본도 있다. 翠眉(취미): 미인의 눈썹. 양귀비를 가리킨다. 須(수): 필요. 요구. '疏(소)'로 된 판본도 있다.

제12수는 여지와 재야 선비의 처지를 비교하고 있다. 궁벽한 곳에서 자라는 여지는 황궁의 옥그릇에 가득 담겨 애호를 받고 있지만 재야의 훌륭한 선비는 궁중으로 불려가지 못하고 초라하게 늙어 죽으니 여지만 못하다며 개탄하고 있다. 이처럼 숨은 인재를 등용하지 못하고 현종이 양귀비의 기호에 영합하기 위해 백성들을 해쳤기에 결국 난리가 일어나게 되었음을 말하고 있다. 그래서 『두시상주』에서는 "여기에서는 당시의 전란에 이르게 된 이유를 결말로 써내고 있다(此結出當時致亂之由.)"라고 한다.

承聞河北諸道節度入朝歡喜口號絶句十二首(其 一)[1]

祿 山 作 逆 降 天 誅,[2]
更 有 思 明 亦 已 無.[3]
洶 洶 人 寰 猶 不 定,[4]
時 時 戰 鬪 欲 何 須.[5]

하북의 여러 절도사가 입조했다는 소식을 듣고 기뻐서
입에서 나오는 대로 절구 열두 수를 쓰다. 1

안녹산이 반역을 일으켰다가 천벌을 받았고
다시 사사명이 있었으나 또한 이미 없어졌네.
흉흉한 천하는 아직 안정되지 않았지만
때때로 싸워서 무엇을 얻고자 하느냐?

1) 承聞(승문): 받들어 듣다. '承'은 경사(敬詞)이다. 河北諸道節度(하북제도절도): 하북의 여러 절도사(節度使). 안녹산 반군의 잔당이 있던 곳. 入朝(입조): 들어와 조회하다. 지방관원이나 제후가 천자를 알현하는 것. 대력 원년(766년) 10월 대종의 생일에 여러 절도사들이 입조해 축수를 했다고 하며, 대력 2년 봄에 회남(淮南), 변송(汴宋), 봉상(鳳翔)의 절도사들이 입조했다고 한다. 하지만 하북의 절도사들이 실제로 입조했다는 기록은 역사서에 보이지 않는다. 두보가 잘못 전해들은 것으로 보인다. 口號(구호): 입에서 나오는 대

로 쓴 즉흥시.

2) 祿山作逆(녹산작역): 안녹산(安祿山)이 755년 11월에 반역을 일으킨 것을 가리킨다. 降天誅(강천주): 하늘이 주벌(誅罰)을 내리다. 천벌을 받다. 안녹산이 757년 정월에 자신의 아들 안경서(安慶緖)의 손에 죽은 일을 가리킨다.

3) 思明(사명): 사사명(史思明). 사사명도 761년 3월에 자신의 아들 사조의(史朝義)의 손에 죽었다.

4) 洶洶(흉흉): 물결이 출렁이는 모양. 소란스럽고 불안한 모양. 人寰(인환): 천하. 세상.

5) 須(수): 요구하다. 구하다.

이 연작시는 대력 2년(767년) 3월에 기주에서 지은 것이다. 이때는 안녹산의 난은 평정이 되었지만 곳곳에서 번진의 절도사들이 조정의 명을 듣지 않는 경우가 많았는데 특히 하북의 절도사들이 심했다. 두보는 늘 이것이 화근이 될 것을 걱정하고 있었기에 하북의 절도사가 입조했다는 소식을 듣자 기쁨을 이기지 못하고 이 시를 쓴 것이다. 사실이 아닌 소식인데도 이렇게 기뻐하는 모습에서 두보가 평소에 가졌던 바람과 나라를 걱정하는 마음이 오히려 잘 드러난다. 제1수는 하북의 도적이 평정된 것을 기뻐한 것이다. 난리의 원흉이 다 제거되었으니, 그 잔당들에게 소란을 피워봤자 소용이 없다고 경계하고 있다.

承聞河北諸道節度入朝歡喜口號絶句十二首(其 二)

社 稷 蒼 生 計 必 安,[1]
蠻 夷 雜 種 錯 相 干.[2]
周 宣 漢 武 今 王 是,[3]
孝 子 忠 臣 後 代 看.[4]

하북의 여러 절도사가 입조했다는 소식을 듣고 기뻐서
입에서 나오는 대로 절구 열두 수를 쓰다, 2

사직과 창생은 필히 안정될 것인데
오랑캐 잡종들이 서로 마구 침범하네.
주 선왕과 한 무제 같은 분이 지금 황제시니
효자와 충신을 후대에서 우러러보리라.

1) 計必安(계필안): 반드시 안정될 것이라고 헤아려진다. 두보가 그렇게 헤아리는 것이다.

2) 蠻夷雜種(만이잡종): 서쪽과 북쪽의 오랑캐인 토번(吐蕃), 회흘(回紇), 당강(黨羌) 등을 가리킨다. '雜種'은 안녹산과 사사명을 가리키는 것으로 보기도 한다. 相干(상간): 서로 간범(干犯)하다. 서로 침범하다.

3) 周宣漢武(주선한무): 주(周) 선왕(宣王)과 한(漢) 무제(武帝).

4) 孝子(효자) 구: 여러 절도사들이 귀순해 효자와 충신이 되면 후대 사람

들이 그들을 우러러볼 것이라는 말이다.

제2수에서는 지금 황제의 훌륭함을 언급하며 변경이 안정될 것을 기대하고 있다. 여러 절도사들이 중흥 군주인 황제를 잘 받들어서 오랑캐를 물리쳐주기를 권하고 있다. 『독두심해』에서는 "첫 두 수는 제목 이전의 내용으로, 한 수는 경계하고 있고 한 수는 권면하고 있다(首二章在題前, 一戒一勸.)"라고 분석하고 있다.

承聞河北諸道節度入朝歡喜口號絶句十二首(其 三)

喧喧道路好童謠,[1)]
河北將軍盡入朝.[2)]
自是乾坤王室正,
却教江漢客魂銷.[3)]

하북의 여러 절도사가 입조했다는 소식을 듣고 기뻐서 입에서 나오는 대로 절구 열두 수를 쓰다, 3

떠들썩하니 도로 위의 좋은 동요에
하북의 장군들이 다 입조한다네.
이로부터 천지간에 왕실이 바로잡힐 것인데
도리어 강한의 나그네로 하여금 혼이 녹게 하네.

1) 喧喧(훤훤): 떠들썩한 모양. 好童謠(호동요): 좋은 동요. '好童'은 '多歌(다가)'로 된 판본도 있다.

2) 河北將軍(하북장군): 하북의 여러 절도사를 가리킨다. 이 구절은 동요에 나오는 내용으로 보인다.

3) 江漢(강한): 장강(長江)과 한수(漢水) 및 그 부근 지역을 일컫는데, 여기서는 기주를 가리킨다. 客魂銷(객혼소): 나그네의 혼이 녹다. '객'은 두보를 가리킨다. 두보 자신은 강호를 떠도는 신세이기에 조정으로 돌아갈 수 없음

을 마음 아파하고 있다.

제3수는 제목과 직접적으로 관련되는 것으로 하북의 절도사들이 입조한다는 것을 듣고 기뻐하고 있다. 길거리에서 전해들은 것임에도 두보는 기뻐서 어쩔 줄 모르며 희망에 가득 찬다. 이렇게 기쁜 일에 정작 자신은 참여할 수 없으니 마지막 구에서 시인의 혼이 녹아 도리어 슬픔이 느껴진다.

承聞河北諸道節度入朝歡喜口號絶句十二首(其 四)

不道諸公無表來,[1]
茫茫庶事遣人猜.[2]
擁兵相學干戈銳,[3]
使者徒勞百萬廻.[4]

하북의 여러 절도사가 입조했다는 소식을 듣고 기뻐서 입에서 나오는 대로 절구 열두 수를 쓰다, 4

뜻밖에 여러 절도사들이 표문 들고 오는 이가 없었기에
망망한 뭇 심사가 사람으로 하여금 의심하게 했네.
병사를 끼고 창칼의 날카로움만 서로 다투면서
사자들이 헛고생하며 백만 번이나 돌아오게 했지.

1) 不道(부도): 헤아리지 못하다. 뜻밖에. '불료(不料)'와 같다. 諸公(제공): 하북의 여러 절도사를 가리킨다. 無表來(무표래): 이전에 대종의 생일날 축수하는 표문을 들고 입조하는 일이 없었음을 말한다.

2) 庶事(서사): 많은 일. 여기서는 절도사들의 심사(心事)를 가리킨다. 遣(견): '使(사)'로 된 판본도 있다.

3) 擁兵(옹병): 병사를 끼고 할거하다. 相學(상학): 서로 배우다. 서로 다투다.

4) 使者(사자): 조정에서 귀순을 권고하기 위해 파견한 사자. 百萬(백만): '萬里(만리)'로 된 판본도 있다. 사자의 말을 듣지 않아 여러 번 헛걸음을 하게 했음을 말한다.

제4수에서는 예전에 절도사들이 조회하지 않을 때의 일을 회상하며 애석하게 여기고 있다. 포기룡은 이를 현재의 일로 보면서 반대의 형세를 이야기하는 것으로 보기도 한다.

承聞河北諸道節度入朝歡喜口號絶句十二首(其 五)

鳴玉鏘金盡正臣,[1]
修文偃武不無人.[2]
興王會靜妖氛氣,[3]
聖壽宜過一萬春.[4]

하북의 여러 절도사가 입조했다는 소식을 듣고 기뻐서 입에서 나오는 대로 절구 열두 수를 쓰다, 5

금옥을 울리며 입조하니 다 바른 신하들이고
문덕을 닦고 전쟁을 그치게 할 사람이 없는 것이 아니네.
중흥의 제왕께서는 반드시 사악한 기운을 진정시키며
황제의 수명이 의당 일만 세는 넘으리.

1) 鳴玉鏘金(명옥장금): 옥을 울리고 금을 소리 나게 하다. 금옥(金玉)을 울리다. '鏘'은 그 소리를 형용한 말이다. '금옥(金玉)'은 여러 절도사들이 차는 물건이다. 正臣(정신): 올바른 신하. 절도사들이 역심을 버리고 귀순했기에 쓴 표현이다.

2) 修文偃武(수문언무): 문덕(文德)을 닦고 전쟁을 그치다.

3) 興王(흥왕): 중흥의 제왕. 대종(代宗)을 가리킨다. 會(회): 반드시. 妖氛氣(요분기): 사악한 기운. 상서롭지 못한 기운. 전쟁이나 재앙을 비유한다.

4) 聖壽(성수): 황제의 수명. 이 구절로 보아 절도사들이 축수를 하기 위해 입조함을 알 수 있다.

제5수에서는 절도사들의 입조를 기뻐하면서 태평성대를 희망하고 있다. 그러면서 이러한 형세를 이루게 된 중심축을 황제에게 돌리며 칭송하고 있다.

承聞河北諸道節度入朝歡喜口號絶句十二首(其 六)

英 雄 見 事 若 通 神,[1]
聖 哲 爲 心 小 一 身.[2]
燕 趙 休 矜 出 佳 麗,[3]
宮 闈 不 擬 選 才 人.[4]

하북의 여러 절도사가 입조했다는 소식을 듣고 기뻐서 입에서 나오는 대로 절구 열두 수를 쓰다, 6

영웅은 사리를 간파함에 신이 통한 것 같고
성철하신 분은 마음을 씀에 일신을 작게 여기네.
연나라 조나라에서는 가인이 난다고 자랑하지 마라
궁정에서는 이들을 재인으로 뽑지 않을 것이니.

1) 英雄(영웅): 상곤(常袞)을 가리킨다. 대력 원년 10월 대종의 생일에 여러 절도사들이 황금, 비단, 기물, 의복, 준마, 진완(珍玩) 등을 다량으로 바치자 상곤이 이를 받지 말 것을 권하며 황제가 일락에 빠지는 것을 막고자 했다. 하지만 대종은 그의 말을 듣지 않았다.

2) 聖哲(성철): 황제를 가리킨다. 小一身(소일신): 자기 일신을 작게 여기다. 천하의 기물을 낭비해서 자신을 봉양하지 않은 것을 말한다.

3) 燕趙(연조): 연나라와 조나라. 예로부터 가인(佳人)이 많은 곳이다. 休矜

(휴긍): 자랑하지 마라. 절도사 중에 황제에게 가인을 바쳐 아첨하려는 자가 있었던 것으로 보인다.

4) 宮闈(궁위): 궁정. 조정. 不擬(불의): ~하려고 하지 않다. 才人(재인): 궁중의 여관명(女官名).

제6수는 절도사가 조회할 때 바친 것을 보고 임금에게 권계한 것이다. 일견 황제를 극력 칭송하고 있는 듯하지만 사실 대종은 상곤의 충언을 따르지 않았기 때문에 한편으로 풍자하는 뜻도 담겨 있다. 『독두심해』에서는 "이 시와 다음 편은 곧 풍자하며 칭송하는 말이다(此與下章乃諷頌之語.)"라고 평하고 있다.

承聞河北諸道節度入朝歡喜口號絶句十二首(其 七)

抱 病 江 天 白 首 郎,[1]
空 山 樓 閣 暮 春 光.
衣 冠 是 日 朝 天 子,[2]
草 奏 何 時 入 帝 鄉.[3]

하북의 여러 절도사가 입조했다는 소식을 듣고 기뻐서 입에서 나오는 대로 절구 열두 수를 쓰다, 7

병에 걸린 강가의 머리 흰 낭관이여
빈산의 누각에 봄빛이 저무네.
조정 신하들은 이날 천자께 조회할 텐데
어느 때에나 상주문을 들고 장안에 들어갈까?

1) 江天(강천): 강과 하늘. 강 위의 하늘. 강가. 白首郎(백수랑): 흰머리의 낭관(郎官). 늙어서 벼슬한 사람. 두보 자신을 가리킨다.

2) 衣冠(의관): 조정의 신하. 이는 절도사뿐만 아니라 조정의 문신(文臣)들도 염두에 둔 말이다. 是日(시일): 대종의 생일을 가리킨다.

3) 草奏(초주): 상주문을 기초(起草)하다. 상주문을 쓰다. 帝鄉(제향): 장안을 가리킨다.

제7수에서는 정작 두보 자신은 입조할 수 없음을 한탄하고 있다. 『두시상주』에서는 "제3수에서는 무장들이 입조하는 것을 말했고, 여기서는 조정에 있는 문신들도 아울러 언급하고 있다(三章言武將入朝, 此章兼及在朝文臣.)"라고 설명하고 있다.

承聞河北諸道節度入朝歡喜口號絶句十二首(其 八)

澶 漫 山 東 一 百 州,[1)]

削 成 如 案 抱 青 丘.[2)]

包 茅 重 入 歸 關 內,[3)]

王 祭 還 供 盡 海 頭.[4)]

하북의 여러 절도사가 입조했다는 소식을 듣고 기뻐서 입에서 나오는 대로 절구 열두 수를 쓰다, 8

멀고 넓은 산동의 일백 주는
책상처럼 평평하게 깎이어 청주를 품었네.
띠풀 공물이 다시 들어와 장안으로 보내나니
온 바닷가에서도 왕의 제사에 다시 공급하네.

1) 澶漫(선만): 멀고 넓은 모양. 山東(산동): 태항산(太行山) 동쪽, 즉 하북(河北)을 가리킨다.

2) 削成如案(삭성여안): 깎아 이룬 것이 책상 같다. 지형의 평탄함을 말하면서 또한 화란(禍亂)이 평정되었음을 의미하기도 한다. 青丘(청구): 지금의 산동성(山東省) 청주(青州). 옛날에 제(齊) 경공(景公)이 이곳에서 사냥을 했다.

3) 包茅(포모): 청모(菁茅)를 묶은 것. 제사를 지낼 때 이것에 술을 부어 거른다. 여기서는 바치는 공물(貢物)을 가리킨다. 『좌전(左傳)』 「희공(僖公) 4년」

에 "너희들의 공물인 청모 다발이 들어오지 않으니, 왕의 제사에 공급할 수 없고, 술을 거를 수 없다(爾貢包茅不入, 王祭不供, 無以縮酒.)"라는 말이 있다. 重入(중입): 다시 들어오다. 關內(관내): 장안을 가리킨다.

4) 海頭(해두): 바닷가. 발해(渤海) 변에 위치한 치주(淄州)와 청주(青州)의 절도사를 말한다.

제8수는 하북과 청주가 평정되어 그곳의 절도사들이 조회하며 공물을 바친 것을 읊고 있다. 앞의 제6수에서 가인(佳人)을 바친 경우와는 다른 것이다. 『독두심해』에서는 "여기서는 치청군(淄青軍)을 가리켜 말하고 있다(此指淄青軍言.)"라고 한다.

承聞河北諸道節度入朝歡喜口號絶句十二首(其 九)

東 逾 遼 水 北 滹 沱,[1]
星 象 風 雲 喜 共 和.[2]
紫 氣 關 臨 天 地 闊,[3]
黃 金 臺 貯 俊 賢 多.[4]

하북의 여러 절도사가 입조했다는 소식을 듣고 기뻐서 입에서 나오는 대로 절구 열두 수를 쓰다, 9

동으로 요수를 지나 북으로 호타까지
성상과 풍운의 기쁜 빛이 함께 조화롭네.
자기관은 광활한 천지에 임해 있고
황금대에는 많은 준걸이 모여 있네.

1) 逾(유): 넘다. 지나다. 遼水(요수): 지금의 요녕성(遼寧省) 요하(遼河). 滹沱(호타): 지금의 산서성(山西省)에서 발원해 하북성으로 흐르는 강. '요수'와 '호타'는 둘 다 당시 하북도(河北道)에 속했던 강이다.

2) 星象(성상): 별의 명암과 위치 등의 현상. 옛날에 이것으로 길흉을 점쳤다. 共和(공화): 함께 조화를 이루다. 『사기(史記)』에 주(周) 여왕(厲王)이 달아난 후에 주공(周公)과 소공(召公) 두 재상이 함께 집정한 것을 '공화'라고 한다. 여기서는 천하가 통일되고 태평스러운 것을 가리킨다.

3) 紫氣關(자기관): 함곡관(函谷關)을 가리킨다. 함곡관령(函谷關令) 윤희(尹喜)는 보랏빛 기운이 동쪽에서 오는 것을 보았는데 그날 노자(老子)가 푸른 소를 타고 지나갔다고 한다.

4) 黃金臺(황금대): 하북성 역수(易水) 동남쪽에 있는 누대. 연(燕) 소왕(昭王)이 천금을 두고 천하의 현사를 불러들였던 곳이다. 여기서는 입조한 하북의 절도사를 과장되게 칭찬해 가리킨 것이다.

제9수는 천하의 강역이 넓고 인재가 많음을 말하고 있다. 『독두심해』에서는 "여기서는 노룡(盧龍) 성덕군(成德軍)을 가리켜 말하고 있다. 셋째 구는 장안의 형세가 천하를 제어할 수 있음을 찬양하는 것이고, 넷째 구는 북쪽 땅의 인재가 조정으로 귀의함을 상상한 것인데 다 일창삼탄(一唱三歎)할 말이다(此指盧龍成德軍言. 紫氣臨, 統贊京都形勢之控制. 金臺貯, 懸擬北地賢才之嚮風, 皆唱歎之詞.)"라고 설명하고 있다.

承聞河北諸道節度入朝歡喜口號絶句十二首(其 十)

漁 陽 突 騎 邯 鄲 兒,[1]
酒 酣 並 轡 金 鞭 垂.[2]
意 氣 卽 歸 雙 闕 舞,[3]
雄 豪 復 遣 五 陵 知.[4]

하북의 여러 절도사가 입조했다는 소식을 듣고 기뻐서 입에서 나오는 대로 절구 열두 수를 쓰다, 10

어양의 돌기병과 한단의 건아들이
술이 거나해져 함께 말고삐를 쥐고 금빛 채찍을 드리웠네.
의기는 곧 장안으로 돌아가 춤출 듯하고
그들의 호방함을 다시 오릉의 호협들이 알게 하네.

1) 漁陽(어양): 지금의 하북성 계현(薊縣) 일대. 안녹산의 본거지였다. 邯鄲兒(한단아): '邯鄲'은 지금 하북성 한단시(邯鄲市). 예전 반군의 사졸들을 가리킨다.

2) 酒酣(주감): 술이 거나하다. 주흥을 타다. 轡(비): 고삐.

3) 雙闕(쌍궐): 장안. 도성 안을 가리킨다.

4) 五陵(오릉): 장릉(長陵), 안릉(安陵), 양릉(陽陵), 무릉(茂陵), 평릉(平陵). 서한(西漢) 다섯 황제의 능묘로 장안 부근에 있으며 호협(豪俠)들이 모여 있는

곳으로 유명하다. 여기서는 장안 교외에 있는 호협한 사람들을 가리킨다.

제10수는 하북의 장수들을 따라 그 사졸들도 귀의함을 말하고 있다. 『두시경전』에서는 "예전에 적의 무리였던 자들이 지금은 나라의 쓰임이 되니 그래서 그들이 귀의하러 오는 흥을 고무하고 있다(昔爲敵黨者, 今爲國用, 所以鼓舞其來歸之興也.)"라고 설명하고 있다.

承聞河北諸道節度入朝歡喜口號絶句十二首(其十一)

李 相 將 軍 擁 薊 門,[1]
白 頭 惟 有 赤 心 存.[2]
竟 能 盡 說 諸 侯 入,[3]
知 有 從 來 天 子 尊.

하북의 여러 절도사가 입조했다는 소식을 듣고 기뻐서
입에서 나오는 대로 절구 열두 수를 쓰다, 11

재상 이광필 장군이 계문을 장악하였는데
흰머리에 오직 붉은 충성심만 있었네.
마침내 절도사들을 모두 달래어 입조하게 하며
종래로 천자의 존엄함만 있음을 알게 하였네.

1) 李相將軍(이상장군): 이광필(李光弼) 장군을 가리킨다. 그는 숙종 대에 재상을 역임했으며 범양절도사(范陽節度使), 유주대독부장사(幽州大都督府長史)를 지내기도 했다. 薊門(계문): 지금의 하북성 계현(薊縣) 일대.

2) 赤心(적심): 충성심.

3) 說(세): 달래다. 유세하다. 諸侯(제후): 하북의 여러 절도사를 가리킨다. 「전겸익(錢謙益) 전(箋)」에 "『구당서』에 따르면 이광필의 날랜 기병이 서주에 들어가자 전신공이 갑자기 하남을 가지고 귀순했고, 상형·은중경·내진이 모

두 서로 이어서 궁궐로 나아갔다(舊書, 光弼輕騎入徐州, 田神功遽歸河南, 尙衡·殷仲卿·來瑱, 皆相繼赴闕.)"라고 되어 있다.

제11수는 하북의 절도사들이 입조한 공을 이광필에게 돌리고 있다. 그러나 이광필은 광덕 2년에 죽었기에 이는 역사적 사실과는 다르다. 다만 이광필이 서주에 진군했던 일로 유추한 것이며 그의 충성심에 보다 중점을 두고 있다.

承聞河北諸道節度入朝歡喜口號絶句十二首(其十二)

十 二 年 來 多 戰 場,[1]
天 威 已 息 陣 堂 堂.[2]
神 靈 漢 代 中 興 主,[3]
功 業 汾 陽 異 姓 王.[4]

하북의 여러 절도사가 입조했다는 소식을 듣고 기뻐서 입에서 나오는 대로 절구 열두 수를 쓰다, 12

십이 년 동안 전쟁이 많았는데
천자의 위엄으로 이를 종식시켰으니 그 진이 당당하네.
지금 황제의 신령하심은 한대의 중흥주요
최고 공업의 분양군왕 곽자의라네.

1) 十二年(십이년): 천보 14년(755년)부터 대력 2년(767년)까지. 이 사이에 안녹산과 사사명을 토벌하고, 회흘과 토번을 물리치며, 복고회은(僕固懷恩)과 주지광(周智光) 등을 평정한 것이 다 황제의 명을 받은 곽자의(郭子儀)의 공이다.

2) 天威(천위) 구: 천자의 위엄으로 많은 전쟁을 이미 끝냈으니 천자의 진영이 당당하다. 천자의 위엄이 적군의 당당한 진영을 멸했다고 보기도 한다.

3) 漢代中興主(한대중흥주): 후한(後漢) 광무제(光武帝). 여기서는 대종(代宗)을 가리킨다.

4) 汾陽異姓王(분양이성왕): 곽자의. 그는 보응 원년(762년)에 분양군왕(汾陽郡王)에 봉해졌다.

제12수에서는 안녹산의 난 이래의 숱한 전란을 평정하고 치세에 이르는 데 큰 공을 세운 곽자의를 추숭하고 있다. 끝의 두 수는 이광필과 곽자의를 하북의 여러 절도사들이 표본으로 삼아야 할 인물로 제시한 것이다. 이 열두 수의 연작시는 의론과 서사가 섞인 한 편의 큰 문장과 같다. 그래서 주학령(朱鶴齡)은 "하북의 여러 장수들이 함부로 권력을 행사하며 조회하지 않는 것이 두보가 평소 심려하는 바였다. 그래서 그들이 입조한다는 이야기를 듣고 기뻐서 이 시를 지은 것이다. 첫머리에서 안녹산과 사사명을 거론해 경계하고, 주 선왕과 한 무제로 그들을 감동시키고, 효자와 충신으로 그들을 권면하다가 마지막 두 수에서는 이광필과 곽자의를 거론해 표본으로 삼고 있으니 시의 뜻의 심원한 설계가 이와 같다(河北諸將擅命不朝, 公素所深慮, 故聞其入朝喜而作詩. 首擧祿山思明, 聳動之以周宣漢武, 勸勉之以孝子忠臣, 而末二章則擧李郭二公以爲表儀, 其立意深遠若此.)"라고 설명하고 있다.

上卿翁請修武侯廟遺像缺落時崔卿權夔州[1]

大賢爲政卽多聞,[2]
刺史眞符不必分.[3]
尙有西郊諸葛廟,[4]
臥龍無首對江濆.[5]

최경 옹에게 글을 올려 무후묘 유상이 결손된 것을
수리할 것을 청하였으니, 당시 최경은 기주자사를
대리하고 있었다

대현께서 훌륭한 정치를 하심은 많이 들었으니
자사의 진짜 부절인지는 구분할 필요가 없습니다.
아직도 서쪽 교외에 있는 제갈량의 사당에
와룡이 머리도 없이 강가를 대하고 있습니다.

1) 卿翁(경옹): 최경(崔卿) 옹. '卿'은 남자에 대한 존칭, '翁'은 연장자에 대한 존칭이다. '최경'은 두보의 외숙 항렬의 연장자로 보인다. 두보의 모친이 최씨(崔氏)이다. 武侯廟(무후묘): 제갈량의 사당. '武侯'는 '忠武侯(충무후)'의 줄임말로 제갈량의 시호이다. 權(권): 권섭(權攝)하다. 잠시 대리하다. 夔州(기주): 기주자사의 직책을 가리킨다.

2) 大賢(대현): 최경을 가리킨다.

3) 刺史眞符(자사진부): 한대(漢代)에 태수를 임명할 때에 동호부(銅虎符)·죽사부(竹使符)를 쪼개어 반은 조정에 두고 나머지 반을 임지에 가지고 가서 진위를 확인했다고 한다. 당시에 원래 기주자사였던 왕음(王崟)이 조정으로 돌아가자 최경이 자사직을 대리하고 있었다.

4) 西郊(서교): 기주의 서쪽 교외. 이곳에 무후묘가 있다.

5) 臥龍(와룡): 제갈량. 제갈량의 유상(遺像)을 가리킨다. 無首(무수): 유상의 목이 떨어지고 없다. 『주역』「건괘(乾卦)」의 "구를 쓴은 여러 용이 머리가 없음을 봄이니 길하다(用九, 見羣龍无首, 吉.)"를 해학적으로 반대로 사용한 것이다. 江濆(강분): 강가.

이 시는 대력 2년(767년) 기주에 있을 때 지은 것이다. 그곳 제갈량 사당의 유상 머리가 떨어진 것을 보고 수리해줄 것을 최경에게 부탁한 편지투의 시이다. 제갈량을 흠모하는 두보의 마음을 다시 엿볼 수 있다.

喜聞盜賊總退口號五首(其一)

蕭關隴水入官軍,[1]
青海黃河卷塞雲.[2]
北極轉愁龍虎氣,[3]
西戎休縱犬羊群.[4]

도적이 다 물러갔다는 소식을 듣고 기뻐서 입에서 나오는 대로 다섯 수를 쓰다, 1

소관과 농수로 관군이 들어가니
청해와 황하에 변새의 전운이 사라지네.
조정에 금군의 기운이 성함을 더욱 근심하나니
서융들아 개나 양 떼처럼 방종하지 말거라.

1) 蕭關(소관): 영주(靈州), 즉 지금의 영하(寧夏) 영무(靈武) 부근에 있는 관문. 隴水(농수): 지금의 섬서성 농현의 강. 대력 2년(767년) 10월에 삭방절도사(朔方節度使) 노사공(路嗣恭)이 영주 일대에서 토번을 격파했다.

2) 青海黃河(청해황하): 새외(塞外)를 가리킨다. 卷塞雲(권새운): 변새(邊塞)의 구름이 사라지다. 변새의 전운(戰雲)이 고요해졌다는 뜻이다.

3) 北極(북극): 조정을 비유한다. 轉愁(전수): 더욱 근심하다. '愁'는 '深(심)'으로 된 판본도 있다. 龍虎(용호): 용호군(龍虎軍). 금군(禁軍)을 가리킨다.

당시 환관 어조은(魚朝恩)이 금군을 장악하고 있어 내우(內憂)가 더욱 심했다.

4) 西戎(서융): 토번을 가리킨다. 犬羊群(견양군): 개나 양 무리. 토번을 비유한다.

이 연작시는 대력 3년(768년) 봄에 기주에서 지은 것이다. 그 전해에 관군이 영주에서 토번을 격파해 토번이 다 물러갔다는 소식을 이해 봄에 듣고 기뻐서 쓴 시이다. 제1수에서는 변새에서 관군이 승전했다는 소식을 듣고 그 기쁨을 표현하면서 조정에서 금군을 장악한 환관에 대한 경계심도 담고 있다. 이처럼 내부의 근본적이 화근이 제거되지 않았기에 외부의 적이 다시 준동할 것을 걱정하며 토번에게 방종하지 말라고 하고 있다.

喜聞盜賊總退口號五首(其二)

贊普多教使入秦,[1]
數通和好止煙塵.[2]
朝廷忽用哥舒將,[3]
殺伐虛悲公主親.[4]

도적이 다 물러갔다는 소식을 듣고 기뻐서 입에서 나오는 대로 다섯 수를 쓰다, 2

토번의 찬보가 사자를 장안에 많이 파견하여
자주 화해를 청하며 전쟁을 그치고자 하였네.
조정에서 홀연히 가서한을 기용하여
살벌을 행하니 화친에 애썼던 금성공주를 헛되이 슬프게 하네.

1) 贊普(찬보): 토번의 우두머리. 秦(진): 장안을 뜻한다.

2) 數(삭): 자주. 和好(화호): 화목(和睦)과 우호(友好). 화해. 煙塵(연진): 전쟁.

3) 哥舒將(가서장): 가서(哥舒) 장군. 가서한(哥舒翰)을 가리킨다.

4) 公主(공주): 금성공주(金城公主)를 가리킨다. 중종(中宗)의 양녀로 신룡(神龍) 3년(707년)에 화친을 위해 토번의 찬보(贊普, 토번 군주의 칭호)에게 시집을 갔으며 30년간 당나라와의 우호 관계를 위해 노력했다. 개원(開元) 말에 금성공주가 죽자 토번은 사자를 파견해 애도를 표하며 화해를 청했으나 현종이

들어주지 않았다. 천보 7년(748년)에 가서한을 농우절도사(隴右節度使)로 삼아 석보성(石保城)을 공격했다. 이로 인해 토번과의 화친은 깨지고 변방의 전란이 그치지 않았다.

제2수는 가서한이 변방에 사달을 일으킨 것을 추궁하고 있다. 가서한은 예전에 개인적인 욕심을 위해 황제의 뜻에 영합해 무자비한 살육전을 벌임으로써 토번과의 우호 관계를 날려버렸다. 이로 인해 토번과의 전란이 지금까지 이어지게 된 것이다.

喜聞盜賊總退口號五首(其三)

崆峒西極過崑崙,[1]
駝馬由來擁國門.[2]
逆氣數年吹路斷,[3]
蕃人聞道漸星奔.

도적이 다 물러갔다는 소식을 듣고 기뻐서 입에서 나오는 대로 다섯 수를 쓰다, 3

공동산 서쪽 끝의 곤륜산을 지나
낙타가 말미암아 와서 도성 문에 들어섰지.
반역의 기운이 여러 해 동안 불어 길이 끊어졌다가
듣자니 토번인들이 점차 별처럼 달아났다네.

1) 崆峒(공동): 공동산. 감숙성(甘肅省) 민주(岷州) 서쪽에 있다. 崑崙(곤륜): 신강(新疆)과 서장(西藏) 사이에 있는 높은 산.

2) 駝馬(타마): 낙타. 당시 토번이 바치던 공물이었다. 擁國門(옹국문): 국도(國都)의 문을 끼다. 도성 문을 들어서다.

3) 逆氣(역기): 반역의 기운. 토번이 복종하지 않는 것을 뜻한다. 路(로): 낙타의 통행로를 가리킨다.

제3수는 토번의 반란과 복종이 무상함을 말하고 있다. 전반 두 구는 토번이 복종하며 낙타를 공물로 바치던 때의 이야기이다. 후반 두 구에서는 여러 해 동안 순종하지 않다가 근래에 퇴각했다는 소식을 듣고 기뻐한 것이다.

喜聞盜賊總退口號五首(其四)

勃律天西采玉河,[1]
堅昆碧盌最來多.[2]
舊隨漢使千堆寶,[3]
小答胡王萬匹羅.[4]

도적이 다 물러갔다는 소식을 듣고 기뻐서 입에서 나오는 대로 다섯 수를 쓰다, 4

발률의 하늘 서쪽 옥하에서 캔 옥과
견곤의 푸른 주발이 가장 많이 왔었지.
예전에는 수많은 보물이 당나라 사신을 따라왔고
작게도 호왕에게 만 필의 비단으로 보답했네.

1) 勃律(발률): 고대 서역의 나라 이름. 당대(唐代)에는 소발률(小勃律)이 있었다. 玉河(옥하): 이 강은 곤륜산에서 발원하는데 매년 5, 6월에 눈이 녹아 물이 불어나면 옥이 강물을 따라 섞여 내려오기에 채집할 수 있다고 한다.

2) 堅昆(견곤): 고대 서역의 민족 이름. 그들은 유리 그릇을 잘 만들었다고 한다. 여기서는 먼 변방의 이민족을 뜻한다. 碧盌(벽완): 푸른 주발. 유리로 만든 그릇.

3) 漢使(한사): 당나라 사신을 가리킨다. 千堆寶(천퇴보): 수천의 산처럼

쌓인 보물. 많은 보물을 뜻한다.

4) 小答(소답): 작게도 이 정도는 보답했다. '작게 보답했다'로 보기도 한다. '小'는 '少(소)'로 된 판본도 있다. 胡王(호왕): 발률이나 견곤 등의 왕을 가리킨다.

제4수는 예전의 서역 이민족이 바친 성대한 공물과 그에 걸맞은 당나라의 답례에 대해 감탄하고 있다. 후반 두 구에 대해 당나라가 예전에는 이민족의 공물을 많이 받으면서도 보답은 적게 함으로써, 주인처럼 그들을 장악하는 법도가 있었는데 지금은 그러한 면모가 보이지 않음을 아쉬워하는 것으로 이해하기도 한다.

喜聞盜賊總退口號五首(其五)

今春喜氣滿乾坤,
南北東西拱至尊.[1]
大曆三年調玉燭,[2]
玄元皇帝聖雲孫.[3]

도적이 다 물러갔다는 소식을 듣고 기뻐서 입에서 나오는 대로 다섯 수를 쓰다, 5

금년 봄에는 기쁜 기운이 천지에 가득하고
동서남북에서 다 지존께 절하네.
대력 3년에는 화창한 기운이 조화로우니
현원황제의 성스러운 먼 자손이시네.

1) 拱至尊(공지존): 지존에게 절하다. '拱'은 '두 손을 맞잡고 경의를 표하다'는 뜻인데, 『논어』「위정(爲政)」의 "정치를 덕으로 하는 것은, 비유하자면 북극성이 제자리에 머물러 있으면 뭇별들이 그에게로 향하는 것과 같다(爲政以德, 譬如北辰, 居其所, 而衆星共之.)"라는 문장에서 '共(공)'이 '拱'의 뜻인 것을 염두에 둔 표현이다.

2) 玉燭(옥촉): 사시(四時)의 조화롭고 화창한 기운을 가리키며, 태평성세를 형용하는 말로 잘 쓰인다.

3) 玄元皇帝(현원황제): 당나라 황실이 노자(老子)를 조상으로 삼으며 일컬은 호칭. 雲孫(운손): 원손(遠孫). 먼 자손.

제5수는 전적으로 기쁜 뜻을 서술하고 황제를 칭송하며 전체 시를 끝맺고 있다. 동서남북 어디에도 지존께 복종하지 않는 곳이 없다는 말 속에서 토번 등에 대한 이러저러한 근심걱정은 사라지고 없다. 그야말로 기쁨에 겨워 입에서 나오는 대로 쓴 것 같다. 『두시상주』에서는 "시에서 절구로 사건을 기록하며 원인과 결말을 상세하게 밝히고 있다. 이러한 시는 당대 절구 중에서도 별도의 솜씨와 길을 개척한 것이다(詩以絶句記事, 原委詳明, 此唐絶句中, 另闢手眼者.)"라고 평하고 있다.

漫成一首

江月去人只數尺,[1]
風燈照夜欲三更.[2]
沙頭宿鷺聯拳靜,[3]
船尾跳魚撥剌鳴.[4]

멋대로 한 수를 짓다

강에 비친 달은 사람과 거리가 겨우 몇 자요
바람 등불이 밤을 비추니 삼경이 되려 하네.
모래섬 가에 자는 백로들 옹기종기 고요하고
배 끝에서 뛰는 물고기 푸드득 소리 울리네.

1) 去人(거인): 사람에게서 떨어지다.

2) 風燈(풍등): 바람막이를 설치한 등. 바람 부는 돛에 매달린 등.

3) 聯拳(연권): 무리지어 있는 모습. 굽어진 모습. 靜(정): 고요하다. '起(기)'로 된 판본도 있다.

4) 撥剌(발랄): 물고기가 튀어 오르는 소리. '撥'은 '潑(발)'로 된 판본도 있다.

이 시는 대력 3년(768년)에 삼협을 나가서 지은 시로 보인다. 대력 원년에 운안을 떠나 기주로 가는 배에서 적은 것으로 보는 경우도 있다. 배 안에서 본 장강의 밤 풍경을 그윽하게 그려내었다. 『독두심해』에서는 "밤에 정박하여 보는 경치이니 낮에는 체험할 수가 없다. 달이 강에 비쳐 더욱 가깝다. 그래서 자로 잴 만하다는 것이요, 등불이 바람에 흔들리며 점점 어두워지므로 밤 시간을 안다고 한 것이다(夜泊之景, 晝不能到. 月映江而覺近, 故可尺量. 燈颭風而漸昏, 故知更次.)"라고 설명하고 있다.

書堂飮旣夜復邀李尙書下馬月下賦絶句[1)]

湖月林風相與淸,[2)]
殘樽下馬復同傾.
久拚野鶴如雙鬢,[3)]
遮莫隣雞下五更.[4)]

서당에서 음주를 마쳤는데 밤에 다시 이상서를 불러
말에서 내리게 하고 달 아래서 절구를 읊다

호수의 달과 숲속의 바람이 서로 맑아서
남은 술을 말에서 내리게 하여 다시 함께 기울이네.
오래도록 들의 학 같은 귀밑머리야 포기했으니
이웃집 닭이 새벽에 내려와 우는 것에 개의치 맙시다.

1) 書堂(서당): 두보는 이 시를 짓기 전에 낮에 호시어(胡侍御)의 서당에서 이지방(李之芳), 정심(鄭審) 등 친구들과 술을 마셨다. 李尙書(이상서): 이지방. 그는 일찍이 예부상서(禮部尙書)를 역임했다.

2) 湖月(호월): 호수에 비친 달. '月'은 '水(수)'로 된 판본도 있다.

3) 拚(반): 버리다. 포기하다. 雙鬢(쌍빈): 양쪽 귀밑머리. '雙'은 '霜(상)'으로 된 판본도 있다.

4) 遮莫(차막): 상관하지 않다. 개의치 않다. 下五更(하오경): 오경에 내려

오다. 새벽에 홰에서 내려와 울다.

이 시는 대력 3년(768년) 봄에 두보가 강릉(江陵)에 도착했을 때 지은 것이다. 낮의 연회에서 술을 마셨고 그 술자리가 파했는데 주흥이 다하지 않아 밤에 돌아가던 친구를 다시 불러 늙음에 개의치 않고 새벽까지 호방하게 마시자고 한다. 다소 해학적인 필치로 '遮莫(차막)'과 같은 속어도 거침없이 쓰고 있어 마치 술 취한 사람의 어투를 연상시킨다. 이런 면모도 성당(盛唐)의 다른 시인의 절구와는 다른 모습이다.

江南逢李龜年[1]

岐王宅裏尋常見,[2]
崔九堂前幾度聞.[3]
正是江南好風景,[4]
落花時節又逢君.

강남에서 이구년을 만나다

기왕의 저택에서 늘 만났었고
최구의 집에서 몇 번이나 노래를 들었던가.
정말 이곳 강남은 한창 풍경이 좋은데
꽃잎 떨어지는 시절에 다시 그대를 만났구려.

1) 李龜年(이구년): 당시의 유명한 인기 가수로 현종(玄宗)의 총애를 받으며 귀족들의 연회에도 자주 초청받았다. 안녹산의 난 이후에 강남 지방을 유랑하면서 노래를 팔며 연명하고 있었는데 그의 노래를 들은 사람은 모두 눈물을 흘렸다고 한다.

2) 岐王(기왕): 현종의 아우 이범(李範). 尋常(심상): 자주. 늘.

3) 崔九(최구): 전중감(殿中監) 최척(崔滌). 현종의 총애를 받았던 인물이다.

4) 正是(정시): 정말 이곳. 바로 ~이다. '是'는 '値(치)'로 된 판본도 있다. 江南(강남): 장강(長江)의 남쪽. 여기서는 구체적으로 당시 두보가 있던 담주

(潭州), 즉 지금의 호남성(湖南省) 장사시(長沙市) 일대를 가리킨다.

이 시는 두보의 생애 마지막 해인 대력 5년(770년)에 지은 것이다. 두보의 여느 절구와는 달리 함축적인 운미가 두드러져 널리 애송되는 작품이다. 이 시는 전반부와 후반부가 극명한 대비를 이루고 있다. 전반부는 이구년의 전성기이자, 당 왕조의 개원성세(開元盛世)이며, 두보에게는 꿈에 부풀던 소년 시절에 해당한다. 이런 화려한 날은 너무나 허망하게 지나가고, 꽃이 지는 시절에 강남에서 초라한 두 노인은 다시 만났다. 무상한 인간사를 아는지 모르는지 강남의 풍경은 왜 그렇게 아름다운가? 이 강남의 '호풍경(好風景)'은 두 노인의 만남으로 인해 '낙화 시절(落花時節)'로 변한다. '낙화 시절'은 계절적으로는 봄이 가는 시절이요, 두 사람에게는 인생이 저무는 때이며, 당나라의 국운이 쇠퇴한 시기이다. 그런 때에 이런 초라한 모습으로 왜 '다시(又)' 만나야만 했을까? 차라리 만나지 않았다면 이런 비애는 없을 것을. 시인은 날리는 꽃잎 속에 서로 손을 맞잡고 눈물만 흘렸을 두 사람의 모습만 제시할 뿐 말이 없다.

옮긴이 해설

실패한 노래, 새로운 노래

— 두보 절구의 특징과 의의

1

한시(漢詩)에서 가장 짧은 양식인 4구로 이루어진 절구(絶句)는 그윽한 멋과 운치가 느껴지는 시체(詩體)이다. 그러나 중국 최고의 시인으로 평가받는 두보(杜甫)의 절구를 감상할 때에는 이런 기대를 버리고 보는 것이 좋다. 두보의 절구는 대체적으로 말해서 떫고 거칠기 때문이다. 두보는 굳이 그윽한 운치를 추구하려고 하지 않았고 마구 울부짖으며 자신의 감정과 사회의 현실을 노래했다. 전아한 울림을 추구하는 당시의 일반적 풍조에 두보의 이러한 거칠고 새로운 노래가 잘 받아들여질 리 만무했다. 새로움은 늘 실패를 동반하기 마련이다. 두보의 다른 양식의 시들은 뒷날 화려하게 재평가받았지만 그의 절구는 지금까지도 여전히 아웃사이더로 남아 있으며 그러한 평가가 완전히 틀린 것도 아니다. 그래도 모범적 시인 두보의 모범적이지 않은 듯한 절구마저도 후대에 적지 않은 영향을 미쳤으며, 나아가 한시에 보다 자유를 부여하고 그 운용 폭을 넓혔다. 두보의 절구를 접하다 보면 두보와 한시에 대한 이해가 조금 더 수월해질 것이다.

두보(杜甫, 712~770)는 성당(盛唐)과 중당(中唐) 초기의 대시인으로 자는 자미(子美), 호는 소릉(少陵)이다. 하남성(河南省) 공현(鞏縣)에서 태어났으며, 진(晋)나라 두예(杜預)의 13세손인데, 두예가 경조(京兆) 두릉(杜陵) 사람이었기에 두보는 스스로 두릉야로(杜陵野老)라 칭하기도 했다. 일찍이 과거에 응시했으나 낙방했고, 안녹산의 난 때 숙종에게 찾아가 잠시 좌습유(左拾遺) 벼슬을 했다. 그 뒤 가족을 데리고 진주(秦州)를 거쳐 성도(成都)에 갔으며, 그곳에서 엄무(嚴武)의 추천으로 절도참모검교공부원외랑(節度參謀檢校工部員外郎) 벼슬을 했기에 두보를 두공부(杜工部)라고도 부른다. 그 후 두보는 배를 타고 장강을 내려가 기주(夔州)에서 2년간 머물면서 많은 시를 창작했으며, 그 후 삼협을 나가서 호남성(湖南省) 일대를 떠돌다가 죽었다.

두보의 시는 사회의 현실을 잘 반영해 시사(詩史)라고도 불리며, 침울비장(沈鬱悲壯)한 풍격의 시가 많다. 두보는 여러 시체의 시에 능했으며 특히 율시(律詩)의 격률을 완숙하게 구사했고 고시(古詩)에도 탁월했다. 두보는 중국 고전 시사에서 집대성적 성취와 창신(創新)의 업적을 겸했다는 평가를 받으며 시성(詩聖)으로도 불린다. 그러나 유독 두보의 절구(絶句)에 대한 평가는 다른 시체의 시들과는 다르다.

두보의 절구는 포기룡(浦起龍)의 『독두심해(讀杜心解)』를 기준으로 보면 오언절구(五言絶句) 31수, 칠언절구(七言絶句) 107수로 총 138수이다. 두보 이전의 시인들과 비교했을 때 가장 많은 절구를 남긴 것이다. 절구는 4구의 짧은 시형이기에 전아한 시어로 함축성과 여운을 추구한 작품이 널리 애송된다. 두보와 같은 시대에 창작된 왕유(王維)의 오언절구나 왕창령(王昌齡)과 이백(李白)의 칠언절구가 이러한 경향의 훌륭한 작품으로 평가받고 있다. 하지만 두보의 절구는 그 평가가 엇갈리며 그다지 좋지 않다. 두보의 절구에 대한 부정적인 평가는 쉽게 발견할 수 있다.

호응린(胡應麟), 『시수(詩藪)』 「내편(內編)」: "두보는 절구에 대해서 이해한 바가 없으니 법으로 삼을 수 없다(子美於絶句無所解, 不可法也)."

왕세정(王世貞), 『예원치언(藝苑卮言)』: "이백의 칠언율시와 두보의 칠언절구는 다 변체이며, 〔……〕 대부분 법으로 삼기에는 부족하다(太白之七言律, 子美之七言絶, 皆變體, 〔……〕 不足多法也)."

심덕잠(沈德潛), 『당시별재(唐詩別裁)』 「칠언절구(七言絶句)」: "두보의 절구는 가슴속의 생각을 곧바로 펴내었으니 자연 대가의 풍도가 있다. 그러나 정격이라고 할 수는 없다. 송나라 사람들이 이를 잘못 배워서 종종 거칠고 엉성한 폐단으로 흘렀다(少陵絶句, 直抒胸臆, 自是大家氣度, 然以爲正聲則未也. 宋人不善學之, 往往流於粗率)."

반승송(潘承松), 『두시우평(杜詩偶評)』 「범례(凡例)」: "절구는 왕창령과 이백의 작품을 으뜸으로 삼는다. 두보는 고체식으로 절구를 지어서 필체가 굳세고 직설적이며 구속을 받지 않아 진실로 한 면모에서 특출하다. 그러나 함축된 뜻을 다 펴지 않는 절구의 취지를 점차 잃어버렸다(絶句以龍標供奉爲絶調. 少陵以古體行之, 倔强直戇, 不受束縛, 固是獨出一頭, 然含意未申之旨, 漸以失矣)."

관세명(管世銘), 『독설산방당시초(讀雪山房唐詩鈔)』 「칠절범례(七絶凡例)」: "두보의 절구는 「강남에서 이구년을 만나다」 한 수를 제외하고 모두 뛰어나지 않다(少陵絶句, 「逢李龜年」一首而外, 皆不能工)."

반면 두보의 절구를 극찬하는 평자들도 있다.

섭교연(葉矯然), 『용성당시화(龍性堂詩話) 속집(續集)』: "성당의 여러 시체의 시는 중만당, 송·원대 명가들에게 비슷한 작품이 있다. 오직 이백과 두보의 절구는 혼연히 천연의 풍치를 이루었기에 개원 연간부터 1100년까지 능히 한 사람도 그 오묘함에 이를 수 없었다(盛唐諸體詩, 中晩宋元名家間有仿佛者, 唯李杜絶句, 渾成天趣, 開元千百年後, 不能一至其妙)."

황자운(黃子雲), 『야홍시적(野鴻詩的)』: "두보의 칠언절구는 진실로 『시경(詩經)』에서 유래했기에 왕창령이나 이백 등보다 뛰어난 것이 많다(少陵七絶實從三百篇來, 高駕王李諸公多矣)."

대체적으로 두보의 절구에 대해서는 부정적인 평가가 대세를 이루고 있다. 고보영(高步瀛)은 『당송시거요(唐宋詩擧要)』에서 "두보는 하늘을 담고 땅을 지는 재주가 있었으나 구구한 4구의 절구로는 그의 장기를 다 펼칠 수가 없었다(杜子美以涵天負地之才, 區區四句之作, 未能盡其所長.)"라고 일면 두보를 옹호하면서도 아쉬움을 피력하기도 했다. 확실히 두보는 짧은 시보다 긴 율시나 고시에 뛰어나며, 그의 절구는 당시의 일반적인 절구 시풍과 다른 시가 많다. 전반적으로 볼 때 두보의 절구는 강한 필채에 의론이 잦으며, 연작시가 대다수이고 대구를 즐겨 사용해 마치 율시나 배율(排律)의 중간 부분을 끊어둔 듯한 인상을 주는 작품도 많다. 그래서 일견 독창적이지만 역대로 변격(變格)으로 치부되며 그다지 좋은 평가를 받지 못하고 있다.

2

절구는 당대(唐代)의 악부(樂府)로 요즘으로 치면 대중가요의 가사에 가깝다. 대중가요는 보편적인 정서를 절제 있고 아름답게 노래해야 널리 호응을 받을 수 있다. 그렇다 보니 노래에서 다루는 제재가 한정되고 그 방식도 유형화되는 경향이 있다. 그래서 절구는 보편적으로 공감할 수 있는 주제로 그리움과 이별의 정을 노래하거나 아름다운 자연 속에서의 한적한 생활을 읊는 경우가 많다. 반면 두보의 절구는 개인의 일상생활에 보다 밀착되어 있고 자신의 사상과 감정을 거침없이 표현하고 있다. 이런 면에서도 두보의 절구는 우선 낯설게 느껴지고 흥행에 실패하기 쉬운 노래이다. 그러나 이러한 실패의 이면에는 자신만의 개성과 새로움을 추구하는 두보의 시정신이 깔려 있다.

두보가 만년에 다소 안온한 생활을 했던 성도의 초당에서 지은 「강가에서 홀로 걸으며 꽃을 찾다(江畔獨步尋花七絶句)」의 제1수(124쪽)를 보자.

江上被花惱不徹,	강가의 꽃 때문에 번뇌가 그치지 않는데
無處告訴只顚狂.	어디 하소연할 데 없어 다만 미치고 환장하겠네.
走覓南鄰愛酒伴,	술친구를 찾아 남쪽 마을로 달려갔지만
經旬出飮獨空牀.	술 마시러 나간 지 열흘도 넘어 그저 빈 침상뿐이네.

봄꽃에 대한 두보의 느낌은 여느 시인들과 다르다. 전아한 시어로 꽃의 아름다움을 노래하는 일반적인 시들과는 달리 만발한 꽃을 보고

번뇌를 감당할 수 없어 완전히 미쳐 날뛰고 있다. '전광(顚狂)'은 이 연작 시 전체를 관통하는 심리이기도 하다. 이처럼 표현이 직설적이고 사용한 시어도 거침이 없기에 당시의 독자들도 의아했을 것이다. 하지만 우리가 꽃을 보면서 늘 즐겁지만은 않은 것도 사실이다. 두보가 꽃을 보며 이렇게 괴로워하는 이면에는 꽃에 대한 깊은 애정이 있으며, 또한 자신의 불우한 처지와 대비되기도 하기 때문이다. 이 연작시의 끝 작품인 제7수(135쪽)에서 그러한 이유 하나를 밝히고 있다.

不是看花卽索死, 꽃을 보고파 죽을 지경이 아니라
只恐花盡老相催. 꽃이 다 지면 늙음이 재촉할까 두려울 뿐이네.
繁枝容易紛紛落, 꽃이 무성한 가지는 쉽게 분분히 떨어져 내리니
嫩葉商量細細開. 여린 꽃잎이여 상의해서 부디 천천히 피려무나.

여기서는 꽃에 대한 사랑을 표현하며 자신의 늙음을 한탄하고 있다. 두보는 사실 봄꽃을 무척 좋아하고 아끼는 것이다. 사랑하기 때문에 노년에 보는 꽃, 너무 쉬 져버리는 꽃을 대하고서 마음이 즐거울 수만은 없는 것이다. 그래서 마지막 두 구에서 이런 시인의 심정을 담아 제발 하나하나 천천히 피라고 부탁하고 있다. 또한 이 시에 보이는 '容易(용이)' '商量(상량)'이나 제1수의 '告訴(고소)' 등과 같은 표현은 현대 중국어에도 쓰이는 표현으로 당시의 구어나 속어에 가까운 말들이다. 이러한 속어도 거침없이 쓰면서, 전아한 표현을 사용해야 좋다는 절구 창작의 관념을 깨고 있는 것이다. 포기룡은 『독두심해』에서 이러한 시들이 송·원(宋元) 대 시인의 수법을 개창했다고 평하고 있다.

두보는 절구를 편지 대용으로도 자주 지었다. 「왕녹사가 초당 보수

할 자금을 허락해놓고 부치지 않아 그저 조금 꾸짖다(王錄事許修草堂貲不到聊小詰)」(19쪽)를 보자.

爲嗔王錄事,	왕녹사께 화를 내는 것은
不寄草堂貲.	초당 고칠 자금을 부치지 않아서입니다.
昨屬愁春雨,	어저께 마침 봄비를 근심하더니
能忘欲漏時.	비 새려는 이때를 잊을 수 있습니까?

이 시는 자신의 집을 고치는 데 필요한 돈을 빨리 부쳐달라고 왕씨에게 재촉하는 편지를 대신한 것이다. 일방적으로 도움을 받는 입장인데 만약 그 서운한 감정을 그냥 말로 표현하거나 보통의 편지로 썼다면 오히려 상대방의 기분을 상하게 할 수도 있을 것이다. 그렇다고 그대로 비가 새는 집에서 살 수도 없는 노릇이다. 이런 상황에서 희작시(戱作詩) 같은 짧은 절구가 절묘한 역할을 할 수 있다. 자신의 서운한 감정과 절박함을 전달하면서도 이 시를 받은 왕녹사는 웃음을 머금을 수 있을 것이다. 또한 이 시는 극히 개인적이고 구체적인 일을 읊었기에 제목이 다소 상세하고 길다. 왕녹사에게 부칠 때에는 이런 제목을 달지 않았겠지만 뒤에 문집을 정리하면서 일반 독자의 이해를 위해 이런 긴 제목을 단 것으로 보인다. 이처럼 제목이 길어지는 것도 개인적인 사소한 일을 많이 읊는 송대 이후 시의 특징이기도 하다.

이보다 먼저 두보가 처음 성도에 도착해 초당을 짓고 집 주변을 가꿀 때 필요한 묘목이나 물품을 지인들에게 요구할 때도 절구를 지었다. 「소실 현령에게 복숭아 묘목을 구하다(蕭八明府實處覓桃栽)」「하옹 현위에게 부탁하여 오리나무 묘목을 구하다(憑何十一少府邕覓榿木栽)」「서경에게 가서 과일 묘목을 구하다(詣徐卿覓果栽)」「위반 현위에게 부탁하여 소나무 묘목을 구하다(憑韋少府班覓松樹子栽)」「또 위반에게 대읍의 자기 그릇을 구하다(又於韋處乞大邑瓷碗)」와 같은 작품이 그 예이다. 이러한 시들은 이 시를 받는 당사자에게는 의미가 크지만, 일반적인 독자에게는 그다지 의미가 없을지도 모른다. 하지만 이처럼 일상적인 편지를 시로 대신하며, 절구를 일상생활과 밀착되게 활용한 것은 중당 이후와 특히 송대에 두드러지는 창작 경향이기도 하다. 두보의 이런 시들이 후대 시의 흐름을 선도하고 있는 것이다.

시국을 걱정하고 백성들의 고통을 읊으며 현실을 반영하는 두시(杜詩)의 경향은 절구에서도 그대로 발현되고 있다. 「절구 세 수(三絶句)」(193~97쪽)를 보자.

前年渝州殺刺史,	작년에 유주에서 자사를 죽이더니
今年開州殺刺史.	올해는 개주에서 자사를 죽였네.
群盜相隨劇虎狼,	도적 떼들이 서로 어울려 호랑이와 승냥이보다 지독하니
食人更肯留妻子.	사람도 잡아먹으면서 처자식을 또 남겨두려 하였겠는가?

二十一家同入蜀,	스물한 집이 함께 촉으로 들어갔는데
惟殘一人出駱谷.	오직 한 사람만 살아남아 낙곡을 나섰네.
自說二女齧臂時,	스스로 두 딸이 팔을 깨물었다고 말할 때에
廻頭卻向秦雲哭.	고개 돌려 도리어 진 땅의 구름 보며 통곡하네.

殿前兵馬雖驍雄, 전각 앞의 병마가 비록 용감하다 해도
縱暴略與羌渾同. 멋대로 횡포를 부리니 강족이나 토욕혼과 진배없네.
聞道殺人漢水上, 듣자 하니 한수 가에서 사람을 죽이고
婦女多在官軍中. 부녀자들을 대부분 관군 속에 두었다고 하네.

이 연작시는 당시의 혼란한 시대상과 백성들의 고통을 읊은 작품이다. 제1수에서는 도적들의 횡포로 도처에서 자사가 죽고 백성들이 도탄에 빠진 것을 개탄하고 있다. 제2수에서는 이민족의 침략으로 인해 촉 땅으로 피난한 난민의 처참한 상황을 읊고 있다. 팔을 깨무는 것은 작별할 때의 비통함을 참느라 하는 행동이다. 팔을 깨물고 이별하는 두 딸을 사지에 남겨두고 온 아버지는 고향 땅을 바라보며 하염없이 통곡하고 있다. 이 시는 구사일생으로 살아남은 사람을 통해 비참하게 죽은 숱한 사람들의 애절한 사연을 극명하게 서술하고 있다. 제3수에서는 백성들을 위무해야 할 관군, 특히 당시 환관 어조은(魚朝恩)이 거느리는 금군(禁軍)의 횡포를 탄식하고 있다. 이처럼 절구의 형태로 당시의 처참하고 어지러운 시대상을 잘 표현하고 있는 점도 주목할 만하다.

기주(夔州)에 있을 때 쓴 「근심을 풀다(解悶十二首)」와 「다시 근심하다(復愁十二首)」 등에도 시국에 대한 걱정이 자주 보인다. 두보는 이렇게 늘 나라를 걱정하다 보니 조금만 좋은 소식이 들려와도 그 기쁨을 감추지 못한다. 「하북의 여러 절도사가 입조했다는 소식을 듣고 기뻐서 입에서 나오는 대로 절구 열두 수를 쓰다(承聞河北諸道節度入朝歡喜口號絶句十二首)」가 대표적이다. 일반적으로 슬픈 감정은 쉽게 시가 되지만 기쁜 감정은 시로 잘 쓰지 않는다. 그런 점에서도 기쁨을 노래한 시는 이채로우며 그만큼 시인의 진정이 담겨 있다고도 볼 수 있다. 그중에서 제2수, 제3수(249, 251쪽)를 보자.

社稷蒼生計必安, 사직과 창생은 필히 안정될 것인데
蠻夷雜種錯相干. 오랑캐 잡종들이 서로 마구 침범하네.
周宣漢武今王是, 주 선왕과 한 무제 같은 분이 지금 황제시니
孝子忠臣後代看. 효자와 충신을 후대에서 우러러보리라.

喧喧道路好童謠, 떠들썩하니 도로 위의 좋은 동요에
河北將軍盡入朝. 하북의 장군들이 다 입조한다네.
自是乾坤王室正, 이로부터 천지간에 왕실이 바로잡힐 것인데
却教江漢客魂銷. 도리어 강한의 나그네로 하여금 혼이 녹게 하네.

이때는 안녹산의 난은 평정이 되었지만 도처에서 번진의 절도사들이 조정의 명을 듣지 않았는데, 특히 하북의 절도사들이 심했다. 두보는 늘 이것이 화근이 될 것을 걱정하고 있었기에 하북의 절도사가 입조했다는 소식을 듣자 기쁨을 감추지 못하고 이 시를 쓴 것이다. 하지만 하북의 절도사들이 실제로 입조했다는 기록은 역사서에 보이지 않으니 두보가 잘못 전해들은 것으로 보인다. 이처럼 와전된 소식을 듣고도 이렇게 기뻐하는 두보의 모습에서 나라를 걱정하는 그의 마음이 더욱 잘 드러난다. 시에서 두보는 여러 절도사들이 중흥 군주인 황제를 잘 받들어서 오랑캐를 물리쳐주기를 권하면서 효자 충신 같은 절도사들을 볼 기대에 넘쳐 있다. 하지만 동시에 이렇게 기쁜 일에 정작 자신은 참여할 수 없으니 도리어 시인의 혼이 녹는다고 한다. 실제로 제2수를 보면

무슨 시가 이 모양인가 하는 느낌도 들며, 또한 모두 대구로 이루어져 있어 마치 율시의 중간 부분을 끊어놓은 듯한 느낌도 준다. 이런 점도 다른 시인들은 절구에서 잘 추구하지 않는 점이기도 하다.

「도적이 다 물러갔다는 소식을 듣고 기뻐서 입에서 나오는 대로 다섯 수를 쓰다(喜聞盜賊總退口號五首)」도 토번이 물러난 것을 기뻐하며 쓴 것인데 환관을 경계해야 한다는 등 당시의 시사(時事)에 대한 두보의 의론이 많이 섞여 있다.

두보의 절구가 의론을 본격적으로 시도한 것은 「장난삼아 지은 여섯 절구(戲爲六絶句)」에서 확연히 볼 수 있다. 이 시는 당시 문단을 풍자하며 자신의 시론(詩論)을 전개한 것인데 중국 최초의 '논시절구(論詩絶句)'로 후대에 큰 영향을 미쳤다. 그 제1수(151쪽)를 보자.

庾信文章老更成,	유신의 문장은 늙어서 더욱 성숙하여
凌雲健筆意縱橫.	구름에 오를 듯한 웅건한 필치에 뜻이 종횡으로 펼쳐지네.
今人嗤點流傳賦,	요즘 사람들은 전해오는 부를 비웃지만
不覺前賢畏後生.	전현이 후생을 두려워할 것 같지 않다.

제목에서 '戲爲(희위)'라고 한 것은 글자 그대로 '장난삼아 지었다'기보다 마음껏 세태를 풍자하면서 자신의 문학관을 펴는 데 하나의 구실이 되고, 혹 제기될 수 있는 반론에 대한 방어기제로 쓸 수 있기 때문이다. 제1수에서는 남북조 시기 유신의 문장을 칭송하며 그를 비난하는 후대의 세태를 풍자하고 있다. 여기서 유신의 웅건한 필치와 늙을수록 더욱 완숙한 문장은 두보가 지향하는 바이자 두보 시의 특징이기

도 하다.

전체적으로 이 연작시는 『시경(詩經)』과 『초사(楚辭)』를 모범으로 삼아 고금을 막론하고 훌륭한 작가의 성취를 두루 취해야 함을 강조하고 있다. 또한 당시 세태를 풍자하는 가운데 두보 자신의 시적 지향이 드러난 구절도 많다. 제4수의 "간혹 비취새가 난초 꽃 위에 앉아 있는 것을 보지만/아직 고래를 푸른 바다 속에서 끌어내지는 못하는구나(或看翡翠蘭苕上, 未掣鯨魚碧海中.)"라는 말에서 두보가 완약한 시풍에 젖지 않고 웅대한 기상을 추구하고자 함을 알 수 있고, 제6수의 "갈수록 더욱 스승이 많아지리니 그들이 네 스승이라(轉益多師是汝師)"는 말에서 두보가 이전 시인들의 성과를 두루 섭렵해 결국 집대성(集大成)의 성취를 이룬 이유도 알 수 있다. 구조오(仇兆鰲)는 『두시상주(杜詩詳註)』에서 이 연작시를 주석한 뒤에 "두보의 절구는 종횡무진 거침이 없는 것이 많으며, 의론으로 흉금을 펴는 데 능하다. 기풍이나 재주, 정취가 일반적인 시의 정조와는 아주 다르다(少陵絶句, 多縱橫跌宕, 能以議論攄其胸臆. 氣格才情, 迥異常調.)"라고 평하고 있다.

「근심을 풀다(解悶十二首)」의 제7수(235쪽)에서도 시 창작에 대한 두보 자신의 견해를 밝히고 있다.

陶冶性靈存底物,	성령을 도야하는 데 무엇이 있는가?
新詩改罷自長吟.	새로운 시를 고치고 나서 스스로 길게 읊조리네.
孰知二謝將能事,	두 사 씨가 거의 시 짓는 일에 능했음을 잘 알겠고
頗學陰何苦用心.	음갱과 하손이 심히 고심했음을 배운다네.

두보는 기쁨이건 근심이건 다 시로 풀며 나아가 시를 통해 자신의

성령을 도야하고자 했음을 볼 수 있다. 두보에게 시는 자신의 삶의 방식이자 존재 이유이기도 했다. 따라서 한 번 쓰고 내팽개쳐두는 것이 아니라 자신이 지은 시를 계속해서 읊으며 끊임없이 퇴고하는 엄밀한 작시 태도를 유지했다. 이 과정 속에서 이전 훌륭한 시인들의 성취를 배우고 그 한계를 파악했음은 물론이다. 따라서 이처럼 깊은 학문과 진지한 작시 태도를 가진 두보가 왜 유독 절구에서는 마구 지은 듯한 느낌으로 색다른 풍격을 추구했는지는 분명 생각해볼 만한 점이다.

3

두보의 절구 중에도 역대로 선집에 자주 실리며 널리 애송되는 작품들이 있다. 그러한 시들에는 두시 나름의 특징도 있지만 절구 본연의 함축성과 여운이 느껴지는 것을 볼 수 있다.

뜻을 이루지 못한 두보가 동경하는 이상적인 인물 중 하나는 제갈량이었다. 그래서 제갈량과 관련된 유적을 보면 시를 남기곤 했는데 절구에도 이런 작품들이 있다. 기주에서 지은 「제갈량의 사당(武侯廟)」 「팔진도(八陣圖)」 「기주의 노래, 9(夔州歌十絶句, 其九)」를 들 수 있으며, 「최경옹에게 글을 올려 무후묘 유상이 결손된 것을 수리할 것을 청하였으니, 당시 최경은 기주자사를 대리하고 있었다(上卿翁請修武侯廟遺像缺落時崔卿權夔州)」는 파손된 제갈량의 유상을 수리할 것을 청하는 민원 청구 형태의 시이다. 이 중에서 널리 애송되는 「팔진도」(47쪽)를 살펴보자.

功蓋三分國,　　　공은 삼국을 덮었고

名成八陣圖.　　명성은 팔진도로 이루어졌네.
江流石不轉,　　강은 흘러도 돌은 구르지 않았는데
遺恨失呑吳.　　오나라를 삼키지 못해 한을 남겼네.

제갈량의 주요 공적과 팔진도로 인한 명성을 개괄하는 전반부는 자못 기세가 넘친다. 하지만 이런 뛰어난 인물의 유명한 공적도 무상한 세월 속에 강물을 따라 다 흘러가버렸다. 그런데 팔진도의 돌은 여전히 굴러가지 않고 남아 있다. 즉 전반부의 기세는 셋째 구의 '강은 흐른다(江流)'에서 꺾였다가 '돌은 구르지 않는다(石不轉)'에서 다시 힘차게 살아난다. 그러다가 마지막 구에서 꺾이며 깊은 한(恨)으로 귀결되고 있어 시가 곡절과 함께 묘한 울림을 갖는다.

이처럼 두보의 절구에도 함축과 여운이 강해 인구에 회자되는 작품들이 있다. 「절구 두 수(絶句二首)」의 제2수(23쪽)도 그 한 예이다.

江碧鳥逾白,　　강물 파라니 새가 더욱 하얗고
山青花欲燃.　　산이 푸르러 꽃이 불타는 듯하네.
今春看又過,　　올봄도 또 지나가는 것을 보나니
何日是歸年.　　언제가 돌아갈 해일까?

전반부의 경물 묘사는 강렬한 원색의 대비가 인상적이다. 이는 아름답게만 묘사했다기보다 왠지 모를 이질감이 느껴져 두보의 내면 심리가 투영된 듯하다. 그래서 이런 풍경을 보고서 오히려 고향으로 돌아가고픈 심정을 후반부에서 표출하고 있다. 봄이 '또(又)' 지나간다는 표현에서 여러 해를 객지에서 보냈음을 알 수 있으며, 고향에 돌아가고픈 열

망을 느낄 수 있다. 귀향의 정서는 보편적인 공감을 얻기 쉬운 주제이다. 두보의 이 절구는 바로 그 정서를 전경후회(前景後懷)의 구성과 함께 평순한 시어를 쓰면서 함축적으로 노래하고 있어 널리 애송되고 있다.

칠언절구 중에는 「화경에게 주다(贈花卿)」(120쪽)도 전통적으로 높은 평가를 받고 있는 작품이다.

錦城絲管日紛紛, 금관성에 음악 소리 날마다 어지러워
半入江風半入雲. 반은 강바람에 들고 반은 구름에 드네.
此曲祇應天上有, 이 노래는 응당 천상에만 있어야 하니
人間能得幾回聞. 인간 세상에서 몇 번이나 들을 수 있겠나?

화경(花卿)은 당나라 때의 장수인데 촉 땅에서 반란을 일으킨 단자장(段子璋)을 토벌한 공을 믿고 교만하게 천자의 예악을 사용하자 두보가 이 시를 지어 풍자한 것이다. 마지막 구에서 그가 반드시 오래가지 못할 것임을 넌지시 말하고 있다. 양신(楊愼)은 이 시가 언외(言外)의 뜻이 있어 『시경』 시인의 취지를 가장 잘 실현했다고 평가했고, 초횡(焦竑)은 이 시가 두보의 절구 100여 수 중에 최고의 작품이라고 평하기도 했다. 왕세정은 『예원치언(藝苑卮言)』에서 "두보의 공력은 실로 대단하나 풍치와 운미는 유독 미치지 못하고 있다. 유독 「화경에게 주다」 한 수만이 〔……〕 당시 기녀들이 노래로 불렀다(少陵工力悉敵, 風韻殊不逮也. 唯'錦城絲管日紛紛'一首 〔……〕 當時妓女獨以此入歌.)"라고 말한다. 이 말은 그 외에 대부분의 두보 절구는 흥행에 실패했다는 반증도 된다. 고보영도 이 시와 「강남에서 이구년을 만나다(江南逢李龜年)」(287쪽)만이 이백이나 왕창령에 비해도 손색이 없다고 평가하고 있다.

끝으로 두보의 칠언절구 중에 가장 많이 선집에 실리며 널리 상찬을 받은 「강남에서 이구년을 만나다」를 살펴보자.

岐王宅裏尋常見,	기왕의 저택에서 늘 만났었고
崔九堂前幾度聞.	최구의 집에서 몇 번이나 노래를 들었던가.
正是江南好風景,	정말 이곳 강남은 한창 풍경이 좋은데
落花時節又逢君.	꽃잎 떨어지는 시절에 다시 그대를 만났구려.

이 시는 두보의 생애 마지막 해에 지은 것으로 전후반의 극명한 대비 속에 다양한 함축과 여운이 느껴져 널리 애송되는 작품이다. 전반부에 그려진 시기는 당시 최고의 명가수 이구년의 전성기이고, 당 왕조의 개원성세(開元盛世)이며, 꿈에 부풀던 두보의 소년 시절이다. 후반부의 '꽃잎 떨어지는 시절(落花時節)'은 계절적으로는 봄이 가는 시절이요, 두 사람에게는 인생이 저무는 때이며, 당나라의 국운이 쇠퇴한 시기이다. 이런 때에 초라한 모습으로 '다시(又)' 만나 하염없이 눈물만 흘렸을 그 장면만 제시할 뿐 시인은 말이 없다. 그래서 여운이 끊이지 않는다.

진연(陳衍)은 『석유실시화(石遺室詩話)』에서 "「화경에 주다」「강남에서 이구년을 만나다」와 같은 작품들은 두보에게서는 진정 변조이며, 우연히 당시의 체제를 본받았다(「花卿」「龜年」諸作, 在老杜正是變調, 偶效當時體.)"라고 평하고 있다. 결국 무심코 시류를 따라 지은 작품은 널리 노래로 불리며 흥행에 성공했지만, 자기 나름의 개성을 살린 작품은 모두 흥행에 실패한 것이 된다. 그렇다면 진정 두보는 절구의 미학에 대해 제대로 이해를 못 했거나 아니면 짧은 시는 원래 잘 지을 줄 몰랐던 것인가? 구조오는 『두시상주(杜詩詳註)』「범례(凡例)」에서 "두보의 오칠언절구 같은 것은 실(實)한 표현을 쓰고 허(虛)한 표현을 하지 않으며, 무거운 표현은 잘하지만 가벼운 표현에는 능하지 못하여 마침내 이백, 왕창령과는 길을 나누어 달렸다(若五七言絶句, 用實而不用虛, 能重而不能輕, 終與太白少伯分道而驅.)"라며 점잖게 해명하고 있다. 시보화(施補華)는 『현용설시(峴傭說詩)』에서 "두보, 한유(韓愈), 소식(蘇軾), 이 세 명의 대가는 다 오언절구를 지을 줄 모른다. 아마도 재주가 너무 크고 필채가 너무 강한데 이를 20자 내에서 발휘하려니 도리어 힘만 들고 좋은 결과는 나오지 않는 것이다(少陵退之東坡三大家皆不能作五絶, 蓋才太大, 筆太剛, 施之二十字, 反吃力不討好.)"라고 변호하기도 한다. 확실히 앞의 세 명의 대가는 오언절구에서는 가작이 드물지만 칠언절구는 그렇지 않다.

어쨌든 두보가 당시에 쉽게 호응을 받을 수 있는 절구 창작의 풍격과 창작법을 몰랐다고 보기는 어렵다. 다만 "말이 사람을 놀라게 하지 않으면 죽어도 쉬지 않겠다(語不驚人死不休)(「江上値水如海勢聊短述」)"라는 창작 정신을 가진 두보에게 자신만의 새로움이 없는 시 창작은 내키지 않았을 것이다. 두보의 절구가 그의 율시와 고시만큼 성공을 거두지 못했음은 분명하지만, 차라리 실패할지언정 기존의 시류에 영합하지 않고 자신의 길을 추구한 것은 진정 대시인의 한 면모라 할 것이다. 그리고 두보의 절구가 시도한 이러한 새로움은 후대의 절구 창작을 보다 자유롭고 다양하게 하는 데 적지 않은 영향을 미치게 된다. 이는 두보의 위상이 갈수록 높아짐에 따른 무조건적인 추종만은 아닐 것이다. 두보의 다른 시체의 시와 마찬가지로 그의 절구에 담긴 창신성이 뒤늦게나마 인정받은 것으로 볼 수 있다.

작가 연보

712	현종(玄宗) 선천(先天) 원년. 하남(河南) 공현(鞏縣)에서 부친 두한(杜閑)과 모친 최 씨(崔氏) 사이에서 출생.
713	현종 개원(開元) 원년. 모친 최 씨 사망. 낙양(洛陽)의 둘째 고모 만년현군(萬年縣君) 집에서 성장.
718	개원 6년. 시문(詩文)을 짓기 시작.
725	개원 13년. 낙양의 문단에 나아가 문인들과 교류함. 이 무렵에 이구년(李龜年)의 노래를 들음.
730	개원 18년. 산서(山西) 순하(郇瑕)로 여행. 위지진(韋之晋) 등과 교유.
731	개원 19년. 이해부터 약 4년간 오(嗚)·월(越) 지역을 유람.
735	개원 23년. 오·월에서 낙양으로 돌아와 고공원외랑(考貢員外郎)이 주관하는 과거에 응시했으나 낙방.
736	개원 24년. 이해부터 4, 5년간 제(齊)·조(趙) 지역을 유람.
741	개원 29년. 낙양으로 돌아와 수양산(首陽山) 아래 집을 짓고 양 씨(楊氏)와 결혼.
744	천보(天寶) 3년. 낙양에서 이백(李白)과 처음 만남. 가을에 이백과 함께 양(梁)·송(宋) 지역을 유람.

745 천보 4년. 제(齊)·노(魯) 지역을 유람하며 이옹(李邕), 이지방(李之芳), 이백을 만남. 이백과 함께 유람하다가 겨울에 노군(魯郡)에서 헤어진 후 다시 만나지 못함.

746 천보 5년. 장안(長安)으로 감.

747 천보 6년. 장안에서 현종의 지시에 의한 특별 시험에 참가했으나 이임보(李林甫)의 농간으로 낙방.

749 천보 8년. 낙양에 잠시 들름.

750 천보 9년. 장안으로 돌아옴. 정건(鄭虔)을 만나 교유함. 장남 종문(宗文) 출생.

751 천보 10년. 황제에게 「삼대례부(三大禮賦)」를 바치고 집현원대제(集賢院待制)가 되었으나 이임보의 방해로 출사하지 못함.

752 천보 11년. 결원(缺員)을 기다리라는 조서가 내림. 장안에서 심한 생활고에 처함.

753 천보 12년. 차남 종무(宗武) 출생.

754 천보 13년. 「봉서악부(封西嶽賦)」와 「조부(雕賦)」를 황제에게 바침. 가족을 낙양에서 장안 교외의 하두성(下杜城)으로 이주시켰다가 겨울에 다시 봉선현(奉先縣)으로 이주시킴.

755 천보 14년. 다시 장안으로 돌아와 하서위(河西尉)를 제수받았으나 부임하지 않았고, 우위솔부주조참군(右衛率府胄曹參軍)에 제수됨. 겨울에 봉선으로 감. 이해 11월에 안녹산(安祿山)이 반란을 일으킴.

756 천보 15년. 숙종(肅宗) 지덕(至德) 원년. 부주(鄜州)로 이사함. 6월에 장안이 반란군에 함락된 후 7월에 숙종이 영무(靈武)에서 즉위했다는 소식을 듣고 찾아가다가 반란군에 체포되어 장안으로 압송됨.

757 지덕(至德) 2년. 봄까지 장안에서 구금됨. 여름에 장안을 탈출해 봉상(鳳翔)에 가서 숙종을 알현하고 좌습유(左拾遺)에 임용됨. 방관(房琯)을 구하기 위해 소(疏)를 올렸다가 숙종의 노여움을 삼. 8월에

부주의 가족에게 갔다가 11월에 장안으로 돌아와 좌습유직을 계속 수행함.

758	건원(乾元) 원년. 6월에 방관이 파면되면서 화주사공참군(華州司功參軍)으로 폄적됨. 겨울에 화주에서 낙양으로 감.
759	건원 2년. 낙양에서 화주의 부임지로 돌아옴. 7월에 벼슬을 버리고 서쪽 진주(秦州)로 감. 10월에 동곡(同谷)으로 갔다가 12월에 성도(成都)에 이름.
760	상원(上元) 원년. 성도의 완화계(浣花溪)변에 초당(草堂)을 짓고 머묾.
762	대종(代宗) 보응(寶應) 원년. 엄무(嚴武)가 성도윤(成都尹)으로 부임. 7월에 엄무가 조정으로 돌아가자 그를 면주(綿州)까지 전송했다가 서천병마사(西川兵馬使) 서지도(徐知道)가 반란을 일으키는 바람에 성도로 돌아가지 못하고, 재주(梓州)로 들어감. 그 뒤 성도로 가서 집안사람들을 데리고 다시 재주로 감.
763	광덕(廣德) 원년. 재주에 머물면서 한주(漢州), 낭주(閬州) 등지에도 들렀다가 재주로 돌아옴. 이해에 사조의(史朝義)의 자살로 안녹산의 난은 끝남. 10월에 토번(吐蕃)이 장안을 점령해 대종이 피난함.
764	광덕 2년. 초봄에 다시 낭주에 이름. 대종이 장안으로 돌아왔다는 소식을 접하고 귀향을 결심하지만 3월에 엄무가 다시 성도에 진수(鎭守)하자 성도의 초당으로 돌아감. 6월에 엄무의 천거로 절도참모검교공부원외랑(節度參謀檢校工部員外郎)이 되어 엄무의 막료로 근무함.
765	영태(永泰) 원년. 정월에 막부에서의 직책을 사직함. 4월에 엄무가 죽음. 5월에 성도를 떠나 배를 타고 융주(戎州), 유주(渝州)를 지나 충주(忠州)에 이름. 9월에 운안(雲安)에 이르러 몸이 아파 그곳에 머묾.
766	대력(大曆) 원년. 봄에 운안에서 기주(夔州)로 옮겨 서각(西閣)에 머묾.

767 대력 2년. 봄에 적갑(赤甲)으로 이주했다가 기주 도독(都督) 백무림(柏茂林)의 도움으로 양서(瀼西)의 초당에 거주함. 가을에 동둔(東屯)으로 옮겼다가 다시 양서에 이름. 이 무렵 폐병, 학질, 당뇨병 등에 시달림.

768 대력 3년. 정월에 기주를 떠나 3월에 강릉(江陵)에 이름. 가을에 공안(公安)에서 거주하다가 늦겨울에 악주(岳州)로 감.

769 대력 4년. 정월에 악주에서 동정호(洞庭湖)에 이르고, 상수(湘水)를 따라 남행해 담주(潭州), 형주(衡州)에 갔다가 여름에 다시 담주로 돌아옴.

770 대력 5년. 봄에 담주에서 머물다가 이구년을 다시 만남. 여름에 장개(臧玠)의 난이 일어나자 형주로 피함. 침주(郴州)로 가서 외숙인 최위(崔偉)에게 의지하고자 했으나 뇌양(耒陽)에서 홍수로 뱃길이 막혀 담주로 되돌아옴. 가을에 뱃길로 북쪽의 고향으로 돌아가고자 했으나 뜻을 이루지 못하고 겨울에 상수의 배 위에서 향년 59세로 죽음.

기획의 말

'대산세계문학총서'를 펴내며

2010년 12월 대산세계문학총서는 100권의 발간 권수를 기록하게 되었습니다. 대산세계문학총서의 발간은 앞으로도 계속될 것이고, 따라서 100이라는 숫자는 완결이 아니라 연결의 의미를 지니는 것이지만, 그 상징성을 깊이 음미하면서 발전적 전환을 모색해야 하는 계기가 된 것은 분명합니다.

대산세계문학총서를 처음 시작할 때의 기본적인 정신과 목표는 종래의 세계문학전집의 낡은 틀을 깨고 우리의 주체적인 관점과 능력을 바탕으로 세계문학의 외연을 넓힌다는 것, 이를 통해 세계문학을 바라보는 우리의 시각을 전환하고 이해를 깊이 해나갈 수 있도록 한다는 것이었다고 간추려 말할 수 있습니다. 그리고 궁극적으로는 우리의 인문학을 지속적으로 발전시켜나갈 수 있는 동력이 될 수 있기를 희망하는 것이었습니다. 이러한 기본 정신은 앞으로도 조금도 흩트리지 않고 지켜나갈 것입니다.

이 같은 정신을 토대로 대산세계문학총서는 새로운 변화의 물결 또한 외면하지 않고 적극 대응하고자 합니다. 세계화라는 바깥으로부터의 충격과 대한민국의 성장에 힘입은 주체적 위상 강화는 문화나 문학의 분야에서도 많은 성찰과 이를 바탕으로 한 발상의 전환을 요구하고 있습니다. 이제 세계문학이란 더 이상 일방적인 학습과 수용의 대상이 아니라 동등한 대화와 교류의 상대입니다. 이런 점에서 대산세계문학총서가 새롭게 표방하고자 하는 개방성과 대화성은 수동적 수용이 아니라 보다 높은 수준의 문화적 주체성 수립을 지향하는 것이며, 이것이 궁극적으로 한국문학과 문화의 세계화에 이바지하게 되리라고 믿습니다.

또한 안팎에서 밀려오는 변화의 물결에 감춰진 위험에 대해서도 우리는 주의를 게을리하지 말아야 할 것입니다. 표면적인 풍요와 번영의 이면에는 여전히, 아니 이제까지보다 더 위협적인 인간 정신의 황폐화라는 그늘이 짙게 드리워져 있는 것이 사실입니다. 대산세계문학총서는 이에 대항하는 정신의 마르지 않는 샘이 되고자 합니다.

'대산세계문학총서' 기획위원회

대 산 세 계 문 학 총 서

001–002 소설 **트리스트럼 샌디**(전 2권) 로렌스 스턴 지음 | 홍경숙 옮김

003 시 **노래의 책** 하인리히 하이네 지음 | 김재혁 옮김

004–005 소설 **페리키요 사르니엔토**(전 2권)
호세 호아킨 페르난데스 데 리사르디 지음 | 김현철 옮김

006 시 **알코올** 기욤 아폴리네르 지음 | 이규현 옮김

007 소설 **그들의 눈은 신을 보고 있었다** 조라 닐 허스턴 지음 | 이시영 옮김

008 소설 **행인** 나쓰메 소세키 지음 | 유숙자 옮김

009 희곡 **타오르는 어둠 속에서/어느 계단의 이야기**
안토니오 부에로 바예호 지음 | 김보영 옮김

010–011 소설 **오블로모프**(전 2권) I. A. 곤차로프 지음 | 최윤락 옮김

012–013 소설 **코린나: 이탈리아 이야기**(전 2권) 마담 드 스탈 지음 | 권유현 옮김

014 희곡 **탬벌레인 대왕/몰타의 유대인/파우스투스 박사**
크리스토퍼 말로 지음 | 강석주 옮김

015 소설 **러시아 인형** 아돌포 비오이 까사레스 지음 | 안영옥 옮김

016 소설 **문장** 요코미쓰 리이치 지음 | 이양 옮김

017 소설 **안톤 라이저** 칼 필립 모리츠 지음 | 장희권 옮김

018 시 **악의 꽃** 샤를 보들레르 지음 | 윤영애 옮김

019 시 **로만체로** 하인리히 하이네 지음 | 김재혁 옮김

020 소설 **사랑과 교육** 미겔 데 우나무노 지음 | 남진희 옮김

021–030 소설 **서유기**(전 10권) 오승은 지음 | 임홍빈 옮김

031 소설 **변경** 미셸 뷔토르 지음 | 권은미 옮김

032–033 소설 **약혼자들(전 2권)** 알레산드로 만초니 지음 | 김효정 옮김

034 소설 **보헤미아의 숲/숲 속의 오솔길** 아달베르트 슈티프터 지음 | 권영경 옮김

035 소설 **가르강튀아/팡타그뤼엘** 프랑수아 라블레 지음 | 유석호 옮김

036 소설 **사탄의 태양 아래** 조르주 베르나노스 지음 | 윤진 옮김

037 시 **시집** 스테판 말라르메 지음 | 황현산 옮김

038 시 **도연명 전집** 도연명 지음 | 이치수 역주

039 소설 **드리나 강의 다리** 이보 안드리치 지음 | 김지향 옮김

040 시 **한밤의 가수** 베이다오 지음 | 배도임 옮김

041 소설 **독사를 죽였어야 했는데** 야샤르 케말 지음 | 오은경 옮김

042 희곡 **볼포네, 또는 여우** 벤 존슨 지음 | 임이연 옮김

043 소설 **백마의 기사** 테오도어 슈토름 지음 | 박경희 옮김

044 소설 **경성지련** 장아이링 지음 | 김순진 옮김

045 소설 **첫번째 향로** 장아이링 지음 | 김순진 옮김

046 소설 **끄르일로프 우화집** 이반 끄르일로프 지음 | 정막래 옮김

047 시 **이백 오칠언절구** 이백 지음 | 황선재 역주

048 소설 **페테르부르크** 안드레이 벨르이 지음 | 이현숙 옮김

049 소설 **발칸의 전설** 요르단 욥코프 지음 | 신윤곤 옮김

050 소설 **블라이드데일 로맨스** 나사니엘 호손 지음 | 김지원 · 한혜경 옮김

051 희곡 **보헤미아의 빛** 라몬 델 바예-인클란 지음 | 김선욱 옮김

052 시 **서동 시집** 요한 볼프강 폰 괴테 지음 | 안문영 외 옮김

053 소설 **비밀요원** 조지프 콘래드 지음 | 왕은철 옮김

054–055 소설 **헤이케 이야기(전 2권)** 지은이 미상 | 오찬욱 옮김

056 소설 **몽골의 설화** 데. 체렌소드놈 편저 | 이안나 옮김

057 소설 **암초** 이디스 워튼 지음 | 손영미 옮김

058 소설 **수전노** 알 자히드 지음 | 김정아 옮김

059 소설 **거꾸로** 조리스-카를 위스망스 지음 | 유진현 옮김

060 소설 **페피타 히메네스** 후안 발레라 지음 | 박종욱 옮김

061 시 **납** 제오르제 바코비아 지음 | 김정환 옮김

062 시 **끝과 시작** 비스와바 쉼보르스카 지음 | 최성은 옮김

063 소설 **과학의 나무** 피오 바로하 지음 | 조구호 옮김

064 소설 **밀회의 집** 알랭 로브-그리예 지음 | 임혜숙 옮김

065 소설 **붉은 수수밭** 모옌 지음 | 심혜영 옮김

066 소설 **아서의 섬** 엘사 모란테 지음 | 천지은 옮김

067 시 **소동파사선** 소동파 지음 | 조규백 역주

068 소설 **위험한 관계** 쇼데를로 드 라클로 지음 | 윤진 옮김

069 소설 **거장과 마르가리타** 미하일 불가코프 지음 | 김혜란 옮김

070 소설 **우게쓰 이야기** 우에다 아키나리 지음 | 이한창 옮김

071 소설 **별과 사랑** 엘레나 포니아토프스카 지음 | 추인숙 옮김

072-073 소설 **불의 산**(전 2권) 쓰시마 유코 지음 | 이송희 옮김

074 소설 **인생의 첫출발** 오노레 드 발자크 지음 | 선영아 옮김

075 소설 **몰로이** 사뮈엘 베케트 지음 | 김경의 옮김

076 시 **미오 시드의 노래** 지은이 미상 | 정동섭 옮김

077 희곡 **셰익스피어 로맨스 희곡 전집** 윌리엄 셰익스피어 지음 | 이상섭 옮김

078 희곡 **돈 카를로스** 프리드리히 폰 실러 지음 | 장상용 옮김

079-080 소설 **파멜라**(전 2권) 새뮤얼 리처드슨 지음 | 장은명 옮김

081 시 **이십억 광년의 고독** 다니카와 슌타로 지음 | 김응교 옮김

082 소설 **잔지바르 또는 마지막 이유** 알프레트 안더쉬 지음 | 강여규 옮김

083 소설 **에피 브리스트** 테오도르 폰타네 지음 | 김영주 옮김

084 소설 **악에 관한 세 편의 대화** 블라디미르 솔로비요프 지음 | 박종소 옮김

085-086 소설 **새로운 인생**(전 2권) 잉고 슐체 지음 | 노선정 옮김

087 소설 **그것이 어떻게 빛나는지** 토마스 브루시히 지음 | 문항심 옮김

088-089 산문 **한유문집-창려문초**(전 2권) 한유 지음 | 이주해 옮김

090 시 **서곡** 윌리엄 워즈워스 지음 | 김숭희 옮김

091 소설 **어떤 여자** 아리시마 다케오 지음 | 김옥희 옮김

092 시 **가윈 경과 녹색기사** 지은이 미상 | 이동일 옮김

093 산문 **어린 시절** 나탈리 사로트 지음 | 권수경 옮김

094 소설 **골로블료프가의 사람들** 미하일 살티코프 셰드린 지음 | 김원한 옮김

095 소설 **결투** 알렉산드르 쿠프린 지음 | 이기주 옮김

096 소설 **결혼식 전날 생긴 일** 네우송 호드리게스 지음 | 오진영 옮김

097 소설 **장벽을 뛰어넘는 사람** 페터 슈나이더 지음 | 김연신 옮김

098 소설 **에두아르트의 귀향** 페터 슈나이더 지음 | 김연신 옮김

099 소설 **옛날 옛적에 한 나라가 있었지** 두샨 코바체비치 지음 | 김상헌 옮김

100 소설 **나는 고故 마티아 파스칼이오** 루이지 피란델로 지음 | 이윤희 옮김

101 소설 **따니아오 호수 이야기** 왕정치 지음 | 박정원 옮김

102 시 **송사삼백수** 주조모 엮음 | 이동향 역주

103 시 **문턱 너머 저편** 에이드리언 리치 지음 | 한지희 옮김

104 소설 **충효공원** 천잉전 지음 | 주재희 옮김

105 희곡 **유디트/헤롯과 마리암네** 프리드리히 헤벨 지음 | 김영목 옮김

106 시 **이스탄불을 듣는다**
오르한 웰리 카늑 지음 | 술탄 훼라 아크프나르 여 · 이현석 옮김

107 소설 **화산 아래서** 맬컴 라우리 지음 | 권수미 옮김

108-109 소설 **경화연**(전 2권) 이여진 지음 | 문현선 옮김

110 소설 **예피판의 갑문** 안드레이 플라토노프 지음 | 김철균 옮김

111 희곡 **가장 중요한 것** 니콜라이 예브레이노프 지음 | 안지영 옮김

112 소설 **파울리나 1880** 피에르 장 주브 지음 | 윤 진 옮김

113 소설 **위폐범들** 앙드레 지드 지음 | 권은미 옮김

114-115 소설 **업둥이 톰 존스 이야기**(전 2권) 헨리 필딩 지음 | 김일영 옮김

116 소설 **초조한 마음** 슈테판 츠바이크 지음 | 이유정 옮김

117 소설 **악마 같은 여인들** 쥘 바르베 도르비이 지음 | 고봉만 옮김

118 소설 **경본통속소설** 지은이 미상 | 문성재 옮김

119 소설 **번역사** 레일라 아부렐라 지음 | 이윤재 옮김

120 소설 **남과 북** 엘리자베스 개스켈 지음 | 이미경 옮김

121 소설 **대리석 절벽 위에서** 에른스트 윙거 지음 | 노선정 옮김

122 소설 **죽은 자들의 백과전서** 다닐로 키슈 지음 | 조준래 옮김

123 시 **나의 방랑—랭보 시집** 아르튀르 랭보 지음 | 한대균 옮김

124 소설 **슈톨츠** 파울 니종 지음 | 황승환 옮김

125 소설 **휴식의 정원** 바진 지음 | 차현경 옮김

126 소설 **굶주린 길** 벤 오크리 지음 | 장재영 옮김

127-128 소설 **비스와스 씨를 위한 집**(전 2권) V. S. 나이폴 지음 | 손나경 옮김

129 소설 **새하얀 마음** 하비에르 마리아스 지음 | 김상유 옮김

130 산문 **루테치아** 하인리히 하이네 지음 | 김수용 옮김

131 소설 **열병** 르 클레지오 지음 | 임미경 옮김

132 소설 **조선소** 후안 카를로스 오네티 지음 | 조구호 옮김

133-135 소설 **저항의 미학**(전 3권) 페터 바이스 지음 | 탁선미 · 남덕현 · 홍승용 옮김

136 소설 **신생** 시마자키 도손 지음 | 송태욱 옮김

137 소설 **캐스터브리지의 시장** 토머스 하디 지음 | 이윤재 옮김

138 소설 **죄수 마차를 탄 기사** 크레티앵 드 트루아 지음 | 유희수 옮김

139 자서전 **2번가에서** 에스키아 음파렐레 지음 | 배미영 옮김

140 소설 **묵동기담/스미다 강** 나가이 가후 지음 | 강윤화 옮김

141 소설 **개척자들** 제임스 페니모어 쿠퍼 지음 | 장은명 옮김

142 소설 **반짝이끼** 다케다 다이준 지음 | 박은정 옮김

143 소설 **제노의 의식** 이탈로 스베보 지음 | 한리나 옮김

144 소설 **홍분이란 무엇인가** 장웨이 지음 | 임명신 옮김

145 소설 **그랜드 호텔** 비키 바움 지음 | 박광자 옮김

146 소설 **무고한 존재** 가브리엘레 단눈치오 지음 | 윤병언 옮김

147 소설 **고야, 혹은 인식의 혹독한 길** 리온 포이히트방거 지음 | 문광훈 옮김

148 시 **두보 오칠언절구** 두보 지음 | 강민호 옮김